KB274192

빛 물고기

김백겸

바다는 이상한 생각을 하는 물고기를 부화시킨다
물고기들은 이름이 알려지지 않은 심해 숲에서 태어난다
물고기들의 살은 투명해서 등뼈를 이룬 푸른 어둠이 보이고
물고기의 지느러미는 사자의 갈기처럼 빛이 나는 모습이다

어느 책에서도
어느 여북의 경험에서도
물고기의 기원은 알려지지 않았다
물고기의 신비와 이상한 생각들을 본 사람들은
그 날로부터 거역할수 없는 매력에 끌려 바닷가를 산책한다
인생의 목표란 이상한 물고기를 보고
물고기의 생각을 수혈받는 일이라고 믿는 호사가처럼

시인동네 0095

비밀정원

시작시인선 0095
비밀정원

1판 1쇄 발행 ㅣ 2008년 2월 25일
1판 2쇄 발행 ㅣ 2008년 5월 30일

지은이 ㅣ 김백겸
펴낸이 ㅣ 김태석
펴낸곳 ㅣ (주)천년의시작
등록번호 ㅣ 제300-2006-9호
등록일자 ㅣ 2006년 1월 10일

주소 ㅣ (우121-883) 서울시 마포구 합정동 355-24 4층
전화 ㅣ 02-723-8668
팩스 ㅣ 02-723-8630
홈페이지 ㅣ www.poempoem.com
전자우편 ㅣ poemsijak@hanmail.net

ⓒ김백겸, 2008. printed in Seoul, Korea

ISBN 978-89-6021-051-6 03810

값 7,000원

• 잘못된 책은 바꾸어드립니다.
• 지은이와의 협의에 의해 인지는 생략합니다.

비밀정원

김백겸 시집

2008

自 序

어떤 먹이를 위해 거미는 거미줄을 계속 짤까요
어떤 숲을 위해 땅은 토양의 순환을 계속 할까요
어떤 나라를 위해 하늘은 도시계획을 새로 고칠까요
어떤 세계를 위해 시간은 그 흘러가는 물길을 계속 낼까요

거미줄이 걸리는 나뭇가지를 알려주세요
그 가지를 지렛대로 세상의 모든 떨림을 들어 보이지요
어둠과 빛이 섞인 황혼의 무게도 달아 보이지요
거미줄에는 아담과 이브의 첫 키스도 이슬처럼 걸리고
거미줄에는 별들의 탄생과 죽음도 리듬처럼 걸리지요

■ 차 례

비밀정원

정원의 입구가 드러났다
입구 안에는 황금사과가 새벽의 어둠 속에서 빛났다
곧 사라질 신비를 향해 심장이 두근거렸고
발걸음을 멈춘 내 자아를
늙은 역사가 호기심으로 쳐다보았다
늙은 역사가 내 뒤를 따르면 비밀은 새 이름을 지울 것이
분명했다
정원의 입구를 그냥 지나쳤다

정원으로 가는 길을 찾기 위해
나는 얼마나 많은 이정표를 들여다보았던가
정원에 대한 소문과 단서를 찾아 도서관과 밀렵꾼들의
시장을
돌아다닌 구두의 낡음은 무엇으로 보상할 것인가
왕궁과 부자들의 울타리에서부터 은자들의 고졸(古拙)한
뜰에 이르기까지
정원의 설계도를 들여다 본 눈의 피로는
또 얼마인가

그 정원의 입구가 내 앞에 순간적으로 드러났다

나는 그 앞을 그냥 지나쳤다

황금사과에의 유혹이 여신을 향한 욕망처럼 갈증을 불러

일으켰다

입구는 안개처럼 왔다가 안개처럼 스러지는 새 이름이었

는데

늙은 역사가 담배를 피우며 죽음의 냄새를 풍겼으므로

나는 눈을 내리 깔은 채 정원의 입구를 지나쳤다

그 정원의 아름다움

비늘구름이 노을을 받아 거대한 붕새의 날개로 불타오르

는 변신이나

들판의 잡초였던 풀이 구절초의 꽃을 피워 올리는 둔갑

의 순간에서

잠깐 동안 모습을 드러내었던 비밀정원을 놓쳐버렸다

지식과 경험의 울타리에서 문지기로 사는 늙은 역사의

간섭 때문에

내 심장이 황금사과처럼 빛이 나는 피안을 질투한

죽음의 훼방 때문에

가면 놀이

천의 영혼을 품은 당신과 술래잡기를 한다

당신은 꿩이었고
나는 막대기를 들고 쫓아간다
당신은 검은 숲을 향해 뛰었고
나는 푸른 잔디밭을 벗어나려는 당신의 등에
매 자국을 시퍼렇게 남긴다
막대기에 눌린 당신은 숨 막힌 어린 짐승의 얼굴
나는 가엾은 생각으로 심장이 두근거리는데
대지의 여신 같은 어머니가 칼을 가지고 와서
당신의 목을 자른다
당신의 선홍빛 피가 푸른 풀밭 위에 시퍼렇게 번진다
그 어린 짐승이 내 가엾은 영혼이었는지
막대기를 든 내가 옷만 바꿔 입은 당신의 다른 모습이었
는지
나를 낳았던 어머니는 죽음의 다른 이름이었는지
두렵고 슬픈 이야기 속에서

천의 가면을 쓴 당신과 연극무대에 오른다

당신은 참새 떼로 나락이 익은 가을 벌판에 내려온다
나는 공포탄을 쏘아 당신의 귀를 마비시킨다
당신은 날아가는 그림자처럼 단풍나무 숲으로 사라졌는
데
숲의 어둠이 끝나는 길가에 내 키를 넘은 코스모스 숲이
시간마저 정지시킬 듯한 무거운 침묵으로 피어있다
당신은 참새 떼에서 진홍과 분홍의 꽃들로 둔갑을 했다
그 아름다움이 활을 든 다이애나처럼 무서워서
나는 감히 근처에 갈 엄두도 내지 못한다
참새 떼와 코스모스가 당신이 순간에 부른 내 이름이었
는지
운명을 감지한 내 무거운 영혼이 소리쳐 부른 당신의 이
름이었는지
꿈속의 꿈 같은 이야기 속에서

천의 이름을 가진 당신과 사랑놀이를 한다

요나처럼

비가 그치고 바람이 불었다
검은 구름의 가장자리가 하늘을 가로질렀고
서편 하늘은 바다 속에 황혼이 드리워진 것처럼 맑았다
내 눈은 거대한 고래처럼 보이는 구름의 배에 박혀있었
다
구름의 배꼽에서
피들이 흘러 황혼이 세력을 넓혀가고 있었다
화산에서 분출하는 용암처럼 황혼은 붉은 빛을 토해내고
어둠으로 식었다
하늘과 땅을 황혼의 힘 안에 가두려는 기운이 구름의 배
안에서
만삭의 산모처럼 불리있었다
양수가 터져 하혈이 심한 구름의 검은 얼굴이 창백했다
위기를 알리는 깃발처럼 바람이 불고
버즘나무 잎새들이 한 방향으로 쏠리며 진통하는 비명을
내질렀다
나는 제왕절개로 뱃속의 목숨을 구하려는 의사처럼
침묵을 삼각산처럼 깎아서 구름의 배를 찔렀다
검은 구름이 황혼을 마지막으로 흘리고 토해놓은 기운은
거대한 밤

하늘을 별들을 품은 공간의 괴물이었다

별들이 십억 개의 눈을 부릅뜨고 지상의 숲과 나무들을
바라보았다

숲으로 난 길들이 불타는 휴지처럼 구부러지며 어둠으로
사라졌다

내 눈이 본 거대한 고래처럼 보이는 구름이 문득 사라졌
고

나는 밤의 뱃속으로 들어와 있었다

요나처럼 심장의 눈을 뜨기 위해 피땀을 흘리기 시작했
다

미루나무 꿈속으로

미루나무 그늘에 평상을 펼쳐 자다가 잠을 깨면
구름은 실안개와 여우비를 데려오거나
검은 날개의 까치들을 몰고 와서 황혼 꿈에 젖은 나를 불
렀다
내가 어린 시인이었음을 까마득히 모르고 있던 그 시절
에,
아들아 아들아
미루나무 궁전에서 왕거미처럼 내려온 아버지가 불렀다
깜짝 놀라 책가방을 노새 짐처럼 메고 고삐에 매여 학교
감옥에 갔다

국가와 민족, 윤리와 사명 같은 큰 바위 얼굴 이야기가
책의 동굴에서 외눈 거인처럼 쳐다보았다
현실은 안개 쐐기풀을 피웠고 시간은 피 소름을 감은 뱀
으로 기어왔다
나는 껍질아래 거북이거나 고치 속의 누에처럼 숨어서
공부를 했다
사회지식이 바벨탑처럼 올라가 구름을 찌를 듯 삼엄했을
때
나는 컴퓨터를 가지고

장부의 숫자나비들이 모두 걸리는 큰 거미줄 프로그램을
만들었다
내 목숨이 고치에 갇힌 번데기처럼 자본감옥에 누워있었
다

미루나무야 미루나무야 옛 이야기를 들려주렴
귀지가(龜旨歌)를 불렀던 가야국백성처럼 심장이 불의 노
래를 토했다
눈물이 얼음시간을 녹여 미루나무 기억을 불러냈다
푸른 잎들이 피를 토한 단풍처럼 검은 뿌리로 떨어지기
시작했다
나는 연기를 토해 지식과 자본의 감시프로그램을 모두
지웠다
내 몸이 유리처럼 투명해졌고
내 혼이 밤의 숲으로 가는 올빼미처럼 미루나무 꿈속으
로 날아갔다

도지사 관사

　　지금이 옛날 같고 여기가 거기 같은
　　회전목마를 탄 기억들이 짙은 냄새처럼 흘러들었다
　　냄새와 기미를 따라 갔더니 담쟁이 넝쿨로 덮인 돌 벽이
있었으나
　　돌 벽을 넘어갈 수 있는 문이나 사다리는 어디에도 보이
지 않았다

　　현실이 꿈같고
　　낙원이 현실 같은 그 풍경을 어린 날의 내 눈이 본적이
있었다
　　우리 집과 일제 시대에 지은 도지사 관사는 선량한 이웃
　　까마득하게 높으며 가시철망이 있는 그 담 벽에는 작은
후문이 나 있었고
　　가슴 두근거리며 문틈의 비밀낙원을 보는 나는 추방된
아담의 후예였다
　　이상한 나무와 꽃들 그리고 푸른 잔디가 있는 정원
　　마법거울처럼 햇빛을 산란시키는 유리창이 많았던 삼층
집
　　그 집의 정문을 찾기 위해 나는 시간이 냇물로 흐르는 골
목길을 벗어났다

큰 대로에 나왔으나 강처럼 흐르는 시간은 바다로만 가
고자 바빴을 뿐
그 집의 정문으로는 다시 나를 데려가지 않았다

타향의 어른이 된 나에게 그 집의 냄새가 다시 나를 불렀
다

옛날이 지금 같고 거기가 여기 같은
시간과 공간이 마음속의 잃어버렸던 정원을 보여주었다
돌 벽을 넘어가면 옛날의 화려한 집을 볼 수 있으리라 생
각되었으나
돌 벽은 시간을 가로지르는 강이었고 꿈의 다른 가면이
었다
돌 벽이 문을 열면 나는 그 곳으로 가야하리라
돌 벽 틈으로 황금과 권력의 냄새가 섞인 죽음향기가 계
속 흘러왔다

천산산맥

말 한 마리가 내게 선물로 주어졌지
말을 타고 바벨탑처럼 높은 언어의 천산산맥으로부터
벌판으로 내려 가야했네
백척간두를 걸어가는 곡예사처럼 등에 땀을 흘렸네
천산산맥은 가시덤불로 우거져 있고
천산산맥은 모서리가 날카로운 바위 함정으로 굳어있기
도 하고
천산산맥은 길이 끊어진 협곡을 보여 주었네
번개가 쳐서 언어들이 사원의 폐허처럼 무너져 내리기
전에
숲과 강이 펼쳐진 대평원으로 내려와야 했네
고비마다 매복한 언어는 마왕과 요괴였네
언어의 사원에는 왕국과 미인과 부귀가 있었고
언어의 사원에는 지식과 명예와 신분이 있었네
언어를 내 우상으로 받아들이라고 뱃심이 유혹했네
언어가 상형문자로 구부러지더니 신탁을 토했네
언어가 날카로워져서 내 머리에 칼금을 그으려했네
마왕과 요괴의 망치에 늘어나고 구부러지는 쇠 그물처럼
언어의 새장 안에 내 영혼을 가두려했네
물러가라 언어들아

광야의 예수처럼 나는 소리쳤지
유니콘처럼 몸이 빛나는 말 한 마리가 내 심장이었으므
로
언어가 펼친 기문둔갑을 황금말발굽으로 깨뜨려버리는
뿔이 난 말 한 마리가 내 미래였으므로

침상

하늘에는 검은 구름이 흘러가고
지상에는 강 속에 비친 황혼을 바람이 흔들고 지나가죠
당신은 천년 어둠을 이불로 베고 잠을 자지요
규칙적으로 코를 골면서
봄 여름 가을 겨울이 회전목마의 말처럼 지축을 중심으
로 돌아가고
북극과 남극의 만년빙하가 녹았다가 다시 결빙하며
아프리카 대륙이 아시아로부터 떨어졌다가 다시 뭉치는
세월에서도
당신의 잠은 깨어날 줄 모르죠
공룡들이 하늘의 운석이 만든 먼지구름에 모두 얼어 죽
고
원숭이들이 나무에서 내려와 시간의 밀림에 밭을 갈고
사냥을 해서
거대한 부와 권력을 이룬 천일야화의 성공을 만들었지요
당신의 눈은 지옥의 문처럼 닫혀 있을 뿐
당신의 잠은 블랙홀의 어둠 같은 침상에 누워 깨어날 줄
모르죠
당신이 영원히 죽은 주인인가 생각했으나
당신의 심장고동이 북극성의 별들을 회전시키며

당신의 코가 내뿜는 바람이 시간의 바람을 만들어내는
것을
노예인 우리들은 알죠
노예의 조상이며 조상인 샤먼들이 당신의 잠에 관한 신
화를 말했죠
세계는 당신이 잠을 자는 동안에 꾸는 만화경 같은 꿈의
풍경이며
우리는 꿈속에서 태어났다가 꿈속에서 죽는다고
우리는 꿈의 구슬을 가지고 노는 장난에 팔려 황혼이 오
는 줄도 모르고
당신은 언제 깨어날 줄 모르는 잠을 자지요

나비 길

아기는 죽음의 일등항해사
종이나비 검은 눈 속에서 죽음의 세계를 본다
요람에 누운 아기를 들여다보는 죽음의 기쁨을 본다
어둠의 자궁을 두려워하는 어른이 되어 뼈와 살을 내려
놓고
저 세상으로 가는 비행접시인 무덤에 탑승하는 날
길을 잃지 않도록 죽음이 아기를 위해 커튼을 걷는다
나비인 영혼이 죽음이 사는 바다 아래 숲을 기억하도록
한다
아기는 죽음의 일등항해사이지만
몸이 엔진을 멈추면 내부배관이 썩으며 이상한 빛을 낸
다
갈매기와 독수리와 세균들만이 보는 빛을
바닷가 검은 자갈들은 쥐 떼로 변신해서 숨이 나간 몸을
깨문다
몸 안의 기운들은 연기처럼 흘러나가 시간으로 들어간다
검은 달이 바다아래 숲에 뜬다
바람은 천 마리 바다뱀들이 내미는 헛바닥처럼 감겨온다
허공은 만 마리 문어들이 내지르는 먹물로 가득 찬다
해송의 침엽들은 검은 빛을 내뿜는다

염라대왕이 잠에서 일어나자 구름이 날개깃털처럼 모여
든다
염라대왕이 꿈에서 깨어나자 별들이 십억 개의 눈깔로
날아와 박힌다
염라대왕이 몸 안에 갇혀있던 아기의 영혼에게 묻는다
네 이름이 뭐냐
첩첩산중 기운이 낚싯바늘처럼 구부러져서 나비영혼들
을 낚아챈다
죽음을 넘어가려는 나비의 용기를 시험한다

컴퓨터

태어나지도 않고 죽지도 않는 나
무색 무취 무미의 허공이 있다고 말씀을 하더군요
그 허공은 나의 전생의 전생이 기록한 모든 정보가 있어
거대한 하드디스크라고 하는군요
컴퓨터가 부팅하면서 프로그램과 데이터를 불러오면
현생이 시작된다고 그러네요
정자와 난자의 우연이자 필연인 만남이 파워스위치이겠
지요
　전기는 일 초에 이십 만 번의 회로를 돌면서 데이터를 불
러오고
　태아는 십억 년에 걸친 진화여행을 열 달에 마치지요
　생명이 어떤 비행집시에 승차하는지는 모르지만
　무시무시하게 빠른 속도임에는 틀림없지요
　허공에서 깔때기 모양의 구멍이 생겨 태아의 정수리에
박히고
　전생의 전생기록들이 블랙홀인 뇌로 들어오지요
　태양과 달과 지구의 기운이 무대조명처럼 자아의 욕망을
비추고
　별들의 간섭무늬가 자아의 정신에 의상을 입히네요
　배우는 큰 소리를 지르며 어머니의 산도를 빠져나오고

부귀욕망과 희로애락의 자동차경주를 시작하네요
땀과 피를 분수처럼 흘리면서 결승테이프를 향해 가지만
선수들은 모두 과녁을 지나가는 총알이지요
자동차엔진의 과열로 심장이 멈추는 순간이 오고
배우는 허공의 죽지 않는 나에게 경주기록을 업데이트
한다는군요
허공의 양피지에는 빛과 어둠의 디지털로 기록한 아뢰야
식이 있고
컴퓨터가 부팅하는 다음 순간의 인연을 기다린다고 전하
네요

텔레파시

하늘에는 빛과 소리가 가득합니다
시간은 얼음이 녹아내린 수면처럼 모든 정보를 흡수합니
다
텔레파시 안테나가 모세의 뿔처럼 머리에서 돋는다면
당신은 세계의 하모니를 듣는 청중일까요
페로몬을 통해 몸이 거대한 단일정신으로 피어나는 개미
세계처럼
여왕개미의 뜻과 욕망이 곧 당신의 욕망일까요
에덴으로부터 걸어온 진화의 나무는 수천 가지로 갈라져
서
메두사의 뱀 머리칼처럼 목숨을 울부짖습니다
탐욕을 모두 합친 눈빛은 신들의 몸도 돌로 만들 것 같습
니다
인간의 문명에는 바벨탑들이 다시 세워지고
하늘의 에덴길이 로마의 길처럼 드러날 것 같습니다

몸에 오십 조 세포거울을 달았으나 인간의 무의식안테나
는
수신감도가 충분하지 않습니다
텔레파시안테나를 사슴의 뿔처럼 세운 스승이여

녹용을 밀어 올리는 뜨거운 피를 나누어 주시지요

날개를 비벼 거대한 바람을 만드는 붕새처럼 단숨에 십
만 리를

날아가는 힘을 허락하시지요

얼음폭풍과 얼음비를 지상에 내리는 괴물이 아니라

여의주를 품은 용처럼 번개와 천둥을 오동나무 숲에 뿌
리겠습니다

높은 산과 사막에 전파망원경이 세워지지만

전주파수대역의 텔레파시는 아직 지상에 출현하지 않았
고

하늘의 빛과 소리는 홀로 은하성단 저편까지 흘러갑니다

보선(寶船)

길을 잃은 벌이여
사무실에 잘못 들어온 벌이여
필사적으로 탈출하려하는 날개소리가 시끄럽다
침묵을 베어 배 한 척을 만드는 조선소처럼
연장소리가 시끄럽다
너는 어떤 배를 만들려 하느냐
유리창 밖 백일홍 꽃밭이 도원경처럼 펼쳐졌는데
동료들을 부르는 날개소리를 온 힘을 다해 펼치는데
배는 만들어지지 않고
용접소리만 침묵과 침묵을 이어 두꺼운 철판 한 장을 만
들고 있다
시간이 유리창이라는 깨달음이 오지 않느냐
유리창에는 집으로 가는 숲길과 하늘이 비쳐있다
숲길은 정화가 보선(寶船)단을 이끌고 아라비아로 가는
길처럼 멀다
벌집궁전은 明나라 영락제가 출범시킨 영토야심처럼 화
려하다
비범한 생애를 꿈꾸었으나
길을 잘못 든 벌이여
너에게 신호를 보내는 여왕벌의 목소리가 들리지 않는다

천지를 채웠던 벌꿀향기가 사라졌다

필사적인 날개소리가 침묵으로 만든 배 한 척을 진수시
켰으나

너는 배가 뒤집힌 선장처럼 하늘을 향해 발버둥친다

유리창이 시간이라는 깨달음이 오지 않느냐

유리창 밖에는 보선(寶船)단 같은 구름이 푸른 하늘에 가
득하다

침묵 밖에는 벌집궁전에 사는 여왕벌의 눈이 태양처럼
빛난다

오븐이야기

오븐의 스위치가 가동되었다

소음과 열을 내면서 굴착기가 땅을 파헤쳤다

방수와 배수를 위한 고함과 지시가 쇠사슬처럼 건물을
얽었으며

공정표대로 제대로 익힌 건물이 마침내 들어섰다

오븐에서 막 꺼낸 빵 덩이 같은 건물이 들어섰다

타일접착제와 페인트냄새가

빵 냄새를 연상케 했으나

곰팡이가 슬어 먹을 수 없는 백년 후의 모습은 보이지 않
았다

철골구조로 틀을 세우고 시멘트로 반죽을 부어서 만든
빵

감독과 인부들의 노동이 이스트로 들어가

건물은 풍선처럼 나날이 부풀어 올라 커다란 빵이 되었
다

준공식에 참석한 귀빈들은 치하와 함께

칼로 케이크와 빵을 잘랐다

검은 대리석과 푸른 유리 같은 크림이 향기로웠으나

곰팡이가 슬어 먹을 수 없는 백년후의 모습은 보이지 않
았다

과거에 이 터에는 낡은 건물이 유령처럼 있었다
거리의 가로수는 마천루처럼 키가 올라갔고
길들은 광폭타이어처럼 넓어져서 빠른 차들을 보냈으므
로
낡은 건물은 곰팡이가 슬어 먹을 수 없는 상한 빵처럼 생
각되었다
설계자들은 늙은 환자의 얼굴 같은 건물의 역사를 모두
지우고
근육과 뼈대가 스포츠센터 같은 건물을 다시 디자인했다
건물주는 빵의 식욕으로 자랑스럽게 건물을 쳐다보았으
나
전기와 가스가 오븐에는 계속 필요하리라
시간이 곰팡이를 계속 보내는 한

디지털 카메라

빛이 있어야 사진이 찍히지
셔터를 기관총사수처럼 연속으로 눌러봐
빛이 없으면 암흑
축전지에 인공태양이라도 가두어서 플래시를 터뜨리기
전에는
구름도 산도 나무도 연인도 암흑
길도 자동차도 신호등도 이정표도 암흑
두 눈을 줌렌즈처럼 당기고 풀었다가
두 귀를 초음파탐지기처럼 세웠다가 내렸다가
매 순간을 뇌의 메모리에 저장하지
뇌 용량은 무한 기가바이트
셔터를 기관총사수처럼 눌러도 메모리 풀 경고는 뜨지
않지
한밤중에 꿈의 컴퓨터에 들어가서
대낮에 포토소프트로 백일몽을 불러오네
기쁜 사진은 인덱스를 붙여 심장에 집어넣고
슬픈 사진은 의식에서 삭제하네
재편집한 기억들을 24프레임으로 돌리면 추억의 영화
재편집한 시간들을 몽타주로 합성하면 멀티미디어 쇼
뇌의 환상은 은하성단마저 삼킬 것처럼 부푸네

눈의 렌즈는 망원렌즈와 접사현미경으로 들어가고
심장의 감광도는 ISO 400을 넘어갔지만
빛이 있어야 사진이 찍히지
별빛마저 사라지는 순간이 오네
뇌 속으로 암흑물질이 바다처럼 밀려드는 운명이 오네
메모리를 다운받아서 시간의 파도를 넘어가야 하네

혈연

19인치 모니터에는 피가 흐른다
양수책상에는 피가 흐른다
전화기 받침대에도
계산기에도 피가 흐른다
사무실창호의 이중유리창과 환풍기에도
책장의 책과 옷장 벽시계와 스탠드에도 피가 흐른다
건물 밖의 화단과 철책울타리 아스팔트 길 운동장에 피
가 흐른다

우리는 모두 피가 끊어지면 그 자리에서 사망하는 환자
이다
저승사자가 검은 옷을 입고 장의차로 달려온다
살아 있었던 기억도 없고 차트와 치료의 기록도 없다
언제 어디서나 접속만 하면 피는 무한정으로 흘러 들어
온다
그 피는 누가 어디서 헌혈과 채혈과 조혈을 하는지 알려
진 바가 없다

피를 나누었으므로 우리는 혈연관계로 묶인다
친척이 아프면 문병을 가야하고

　친척이 부귀공명을 이루었던 과거를 질투와 선망으로 바
라보며
　친척이 핏기가 가신 얼굴로 내 손을 힘없이 잡는 순간을
괴로워한다
　친척이 사망하면 조문과 부의금의 형식으로 슬픈 관심을
표시한다

　피는 텔레파시와 숙명처럼 보이지 않는 의사소통을 담당
하며
　우리를 거대한 천막지붕아래 잠을 자는 유목민으로 만든
다
　천막지붕아래에는 태양과 달과 별이 등불을 밝혔다가 또
꺼진다
　그 피는 천지현황의 가죽부대에 들어있는 공간이며
　그 피는 우주홍황의 파이프를 흐르는 시간이다

빛 물고기

바다는 이상한 생각을 하는 물고기를 부화시킨다
물고기들은 이름이 알려지지 않은 심해 숲에서 태어난다
물고기의 살은 투명해서 등뼈를 이룬 푸른 어둠이 보이
고
물고기의 지느러미는 사자의 갈기처럼 빛이 나는 모습이
다

어느 책에서도
어느 어부의 경험에서도
물고기의 기원은 알려지지 않았다
물고기의 신비와 이상한 생각을 본 사람들은
그 날로부터 거역할 수 없는 매력에 끌려 바닷가를 산책
한다
인생의 목표란 이상한 물고기를 보고
물고기의 생각을 수혈 받는 일이라고 믿는 호사가처럼

물고기는 먹이와 번식에 미친 물고기 떼 속에는 살지 않
는다
물고기를 경매하는 사업가의 분주한 눈길에도 걸리지 않
는다

빛의 연기로 혼미해진 정신에게만 가끔씩 환상을 보여준
다
물고기들과 생각의 고향은 시간의 어두운 바다라는 사실
을
보여주려는 듯이

심해 어둠에서 스스로 빛을 내는 이상한 물고기는
천 년 만에 한번씩 부상하는 바다의 아들이라는 소문이
있다
바다에는 가끔 이상한 소문이 태풍처럼 불어나고
생각의 파도는 길길이 날뛰며
혼이 나간 사람들에게 깊고 푸른 절벽을 보여준다

별들이 빅뱅의 순간으로 돌아간다

시(時)는 막대기의 그림자가 벌레처럼 기어가는 마당이
다
월(月)은 달이 바다를 썰물과 밀물로 흔드는 요람이다
년(年)은 황도의 길로 굴러간 태양마차의 궤도이다
왕국은 천년거북이가 심해에서 신탁을 지고 나온 운명이
다
문명은 빙하기의 얼음이 북극으로 후진하면서 만든 설계
도이다
공룡시대는 운석이 우박처럼 쏟아질 때까지 밀림처럼 번
성했다
별들이 가을이 온 은하성단 뜰에서 열매처럼 떨어진다

책으로부터 책을 빼내고
시계로부터 시간을 빼내어라
사건을 기록한 책은 너무 진지하다
데이트약속을 한 모든 사건들에 대하여
시계는 너무 엄격하다
사건과 시계는 스스로의 몸 안에 있는 잉여저축에만 관
심이 있다

항구에 부려지는 컨테이너처럼 정보가 마음창고로 들어
간다
책과 시계는 피곤하다
자폐아처럼 밖의 풍경에는 무관심하며
창고에 있는 지식의 상표와 원산지를 분류하느라 땀을
흘린다
책과 시계가 만년설을 가진 히말라야산맥을 쳐다보게 하
라
만년설은 어떤 책보다도 오래 살아남았고
시간의 마술과 상관없이 능선은 핏줄처럼 하나의 정상으
로 모여든다
시간 속의 사건들을 비디오화면의 되감기로 감으면
별들의 일생이 빅뱅의 순간으로 돌아간다
화살 같은 빛들이 하나의 과녁으로 날아간다

시디 플레이어

데이터 신호가 끊어졌다

강물처럼 흘러서 베토벤의 '합창'과 슈베르트의 '마왕'
을 앰프로 보내던
물줄기가 어디서인가 말랐다
붉고 파란 신호등의 불이 나갔다
회복가능성이 없는 환자를 위해 모든 조치를 강구한 의
사의 심정이 이랬을까
어떤 시디와 전기로도 상상력과 기쁨을 불러낼 수 없는
치매의 순간이 왔다

너는 바람이 노래를 부르던 낡은 집
너는 침묵이 연주를 하던 비밀 방
너는 내 영혼이 지친 몸을 누이고 잠시 잠을 자거나 꿈을
꾸던 안락의자
뇌에 기름이 마른 노인처럼
산소와 링거를 제거하고 영안실로 보내야 하는 순간이
왔다
흙이 흙으로 돌아가듯이
금속은 금속으로 돌아간다

　기계를 움직이던 메커니즘과 프로그램은 혼백처럼 고향
으로 돌아간다

　나는 유전자 설계도에 의해 제작된 고가의 시디플레이어
　수많은 데이터를 읽어 들여 그 누구를 위해 연주하다가
픽업의 수명이 다해간다
　벨트드라이브의 구동이 느슨해져간다
　데이터를 읽었으나 음악으로 변환하는 목청이 메말라간
다
　메이커들은 새 기능과 설계에 의한 시디플레이어를 세상
에 내 보낸다
　20비트에서 24비트로
　32비트로 처리되는 프로세서를 새롭게 개발한다
　유물이 된 낡은 기기는 제 역할을 끝내고 폐품으로 실려
간다

　음악에의 사랑만 허공에 메아리로 남는다

솔거

　그림을 대대로 그리는 화가가 있고
　그림을 보는 사람은 그 그림의 마력에 사로잡혀 그림 속
에 들어간다
　그림 속에서 그림 밖의 현실을 지우며 꿈같은 한순간을
지낸다
　그림 속에서 그림은 그의 현실이다

　그림을 대대로 그리는 화가가 있고
　그 화가는 소나무아래 달이 있고 부엉이가 있으며 기와
집이 있는 이조시대에
　눈썹이 초승달 같고 뺨이 붉은 사과처럼 향기로우며 이
빨이 석류 씨 같은
　춘향 기생을 그린다
　이 도령의 운명을 타고난 남자가 그림 속으로 들어가 구
절양장의 꿈을 꾼다
　꿈을 깨 그는 그림 밖의 어두운 화랑으로 돌아온다

　그림을 대대로 그리는 화가가 있고
　천명을 받은 그 직업화가를 어떤 화가도 대신할 수 없고
　천명을 수행하는 화가는 일제시대 하얼빈 역에 총을 숨

긴 남자를 그린다
　안중근의 이름과 생애에 매혹된 남자가 그림 속으로 들
어가 암살을 감행한다
　조선을 침략한 이토 히로부미가 죽고 역사의 한 페이지
는 넘어간다
　꿈을 깬 남자는 여전히 어두운 화랑에서 다음 그림을 본
다

　그림을 대대로 그리는 화가가 있고
　그는 그림의 소재를 하늘의 구름이나 바다의 파도가 만
드는 꿈에서 가져온다
　너무나 큰 그림을 그려야하기에 화가의 사명은 아직 끝
나지 않는다
　작은 그림들이 어떤 큰 그림의 에피소드이며 삽화인지
　작은 그림들이 어떤 완성된 그림의 연습 스케치인지 알
려지지 않는다
　솔거가 그린 황룡사의 벽화에 머리를 부딪쳐 죽은 새들
처럼
　남자는 그림 속의 삶에서 머리를 부딪고 나서야 꿈을 깬
다

취생몽사

시간은 소리보다 빨리 지나갑니다

태어나기 전 암흑 속에 있던 내가 태양 아래 그림자를 드
리우고 있고
삼십 년 전 바다 같은 포부를 지녔던 내가
지금은 숲 속의 고요한 바람 같은 삶을 지내고 있습니다
삼십 년 전에도 앞날의 풍경을 미리 내다보지 못한 인생
이
수의와 음택(陰宅)을 준비하여 죽음이후를 살피는 염려
가 가당키나 하겠습니까

당신 역시 마찬가지겠지요

세상의 이치를 손바닥으로 가리는 재주가 없으니
재주는 곰이 넘어야 하는 격언을 따라 전전긍긍 하늘의
기운을 살피며
땅의 벌레와 풀들이 어떻게 구궁도(九宮圖)처럼 펼쳐지는
지 들여다봅니다
생문(生門)이 어디서 새벽처럼 열리고 사문(死門)은 또 어
디서 황혼처럼 다가오는지

옛 사람은 일어서서 만 리를 보았을까요?

당신에게 취생몽사의 술 한 잔을 권합니다

개성상인이 한 잎의 이문을 보고 십리를 가는 탐욕이 도
산(刀山)을 넘어가는 험로이며
벽계수가 황진이의 몸을 찾아가는 정욕이 혈해(血海)를
건너가는 맹목(盲目)의 지팡이임을
검은 거미가 위태롭게 건너가는 시간의 끈을 보고 깨닫
습니다
어찌 취하지 않고 허공으로 난 길을 건너가겠습니까
검은 거미가 뿜어낸 실들은 폭풍이 오면 툭 끊어지는 그
림자의 흔적인 것을

당신의 근황이 염려스럽습니다
홍진으로부터의 무사안부 주시기 바랍니다
한 손에서 나는 손뼉소리가 아닌 두 손이 부딪는 손뼉소
리를 듣고자 합니다

황금도시

하늘에서 떨어지는 흰 뱀 같은 빗줄기가 내리는군요
나무들은 울고
천둥과 번개는 장난스러운 왕자가 던지는 돌멩이처럼 파
문을 그리는군요
태양의 빛이 굳어버린 금반지라도 만지며 위로를 하고
싶지요
소가 달을 타고 넘어가는 것처럼
슬픔과 죽음도 없는 엘도라도를 찾아가고 싶지요

요한계시록의 검은 용이 세상을 지배하는 시대의 상징은
황금이지요
황금은 세상의 모든 욕망과 힘을 빨아들인 자본의 바다
이지요
자본의 바다에는 계좌번호가 있어야 출입하지요
검은 용이 세운 은행에는 황금도시와 거미줄처럼 연결된
컴퓨터가
출입을 관리하지요
슬픔과 죽음도 없는 태양을 본 뜬 숫자의 데이터베이스
가 있고
매트릭스의 조합으로 황금제국을 만들어냈지요

계좌번호 26801408502001이 있고
주민번호 5312171405813인 내가 자본의 바다에서 숫자
고기를 잡으며 살고 있지요
고기를 위해 아침 9시에 출근해서 6시에 퇴근하지요
고기에 관한 거래와 동향과 분석보고서를 읽고 검열하는
수고로움으로 연봉과 성과급이
계좌번호로 지급되지요
고기의 크기가 불만일 때는 부동산과 주식을 들여다보며
고기가 새끼를 치는 양식사업을
꿈꾸기도 하지요

먹장구름이 세상을 뒤덮었고 흰 뱀 같은 죽음이 빗줄기
로 쏟아지는군요
풀과 모래들은 바람에 쓸리며 울고
기아와 재난을 예고하는 공포의 대왕이 탄 마차와 말들
을 후려치는 채찍질처럼
천둥과 번개가 검은 하늘의 배를 가르는군요
꿀의 아버지인 벌들이 태양의 나라에서 땀을 흘리는 세
계는 멀어지고

태양의 아들인 황금이 태양을 잊어버린 분노의 세계가
다가와 있군요

II

죽지 않는 아이

공간도 구부리고 시간도 잡아당기는 블랙홀 게임나라에
서

아기가 아장아장 걸어오네
눈은 상추 어린잎같이 초롱초롱하고
뺨은 장작의 불길처럼 활활 타오르는 피를 가진
내 아이가 공룡처럼 이빨을 드러내고 성큼성큼 걸어오네

내 피와 살과 뼈를 갈아 마신
내 지식과 감정과 욕망을 먹어치운
내 아이가 칼을 겨누고 다가오네

얼마나 사랑스러운지
비단보자기로 싼 옥보다도 귀하고
금고에 넣어둔 금 거북이보다도 값진 내 미래의 몸이 다
가오네
눈으로 보는 순간 괴로움은 연기처럼 흩어지고
귀로 듣는 순간 권태는 은 쟁반의 구슬로 변하는
내 업장(業障)이 다가오네

태어난 적도 없고 죽은 적도 없으므로 죽일 수도 없는
내 아이가 걸어오네
검은 구름 속에 숨었다가 다시 나타나는 보름달같이
공간도 구부리고 시간도 잡아당기는 블랙홀을 지나서 오
네

세 번째 눈

당신의 냄새를 맡게 해줘
당신의 체액을 맛보게 해줘
설명과 이유는 이제 그만
당신의 땀에 들어가 있는 모든 화학성분을 느끼게 해줘
당신의 피에 녹아있는 당신 몸의 모든 기억을 내 몸이 알
게 해줘

쐐기풀이 허공에 길을 내듯이
아카시아 실뿌리가 바위틈으로 촉수를 뻗듯이
내 혀가 뱀의 혀처럼 당신의 몸을 파고들게 해줘
이미지와 개념이 아닌
살과 뼈로 만들어진 당신의 궁전을 혀로 보게 해줘
내 혀가 두 눈보다 더 생생히 보는 눈이 되어
당신의 사랑으로 혀가 마비되게 해줘

내 혀가 세 번째 눈이 되는 아라한의 경지가 눈앞에서 닫
혔다
당신의 몸이 열리지 않아
당신의 몸은 보통 여자로 돌아갔다
화장으로 늙음을 감추고 옷으로 무너진 몸매를 감추어야

하는
　시간에 불타는 몸으로 돌아갔다
　당신은 다시 어느 여자의 몸으로 달라이라마처럼 환생하
는지
　환희불(歡喜佛)은 어디에서 찾을 수 있는지
　현실의 모든 여자가 암호가 되었다

총살형

죄수들이 광장에 끌려나왔다
손이 묶이고 눈에는 가리개가 씌워진다

길가에 핀 개망초
하늘을 날아가는 매
산정에 걸린 해가 죄수의 눈에 마지막으로 인화되어
시간이 얼음으로 굳어 버리려는 순간이다

총알이 발사된다
총알이 가는 시간을 미분하면 무한대로 늘어선다
총알은 우주의 끝까지 늘어선 순간을 날아간다
순간이 영원의 목덜미를 호랑이의 이빨처럼 물어뜯는다

총알이 죄수의 심장을 관통한다
일생의 시간이 줄줄 흘러나온다
그 시간을 아이스크림을 빨아먹는 아이처럼
허공이 맛을 본다

  이 에피소드를 취재하기 위해 바람과 황혼과 어둠이 몰
려들었다

나무이파리들은 경쟁적으로 일제히 몸을 뒤집었다
뇌사가 일어났다
죽음이 모든 소요를 일시에 진압했다

괴물들

우물을 기약도 없이 들여다보는 시절이 있었네
우물에 비친 하늘과 구름을 지우는 내 검은 얼굴을 들여
다보았네
황혼 물감이 섞인 밤이 이상한 냄새를 풍기고
침묵의 비명이 바닥으로부터 올라오면 얼른 집으로 도망
쳤네

거울을 나르시스처럼 들여다보면
거울 또한 나를 응시하는 빛나는 괴물임을 그 옛날에 알
았네
손을 내밀면
거울이 내 손을 잡고 거울 뒤편의 궁전으로 초대할까 무
서웠네
눈감고 부모와 형제가 있는 환한 집으로 돌아왔네

심장을 괴롭히던 괴물들은 이제 죽고 없네
나는 경비가 있는 아파트와 치안 법이 그물처럼 쳐진 도
시에 살고 있네
우물은 염소로 소독한 수돗물로 변하고
거울은 망치에 깨지는 유리조각으로 변해서

　어둠과 햇빛 틈새에 살던 마법괴물들은 황혼 밖으로 이
주했네

　회사의 수위들이 출근길에 빠른 경례를 부치고
　젊은 직원들이 도표와 숫자를 물고 일개미처럼 기어가는
현실 세계
　뇌 안의 올빼미 눈이 감시카메라처럼 돌아가고
　뇌 안의 당나귀 귀가 음파탐지기처럼 바쁜
　내가 조직사회의 큰 괴물이 된 후부터

아라비안 나이트

열려라 참깨
마법의 램프가 켜지고
하늘의 구름과 바다의 파도를 지배하는 권력이야기를 위
해
어떤 소원도 이루어주는 연기 거인이 나타난다
안개 속에 가려졌다가 다시 나타나는 느티나무처럼
아버지와 어머니의 살과 뼈도 흙 속에 숨었다가 다시 나
타난다
아무것도 죽지 않는다
결혼식과 장례식과 전쟁소식도 기억의 병풍 뒤로 사라졌
다가
태양과 달이 조명을 비추면 다시 무대에 나타난다
죽음을 두려워말자
연출가의 무대와 분장을 하는 휴게실의 기다림을 즐기자
의상과 역할을 바꿔 연기하는 천일야화의 주인공을 선망
하자
죽음을 지연하기 위해 세헤라자드는 온갖 우화를 지어냈
지
죽음을 사랑하는 왕이 이야기를 듣고 하품하지 않도록
하늘의 끝에서부터 바다의 끝가지 배경을 불러왔네

마야의 숲은 푸른 연기로 가득하고 기문둔갑의 문은 열
려있네
마음의 마법 램프는 밝게 타고 있어서
연기 거인들이 세운 삼라만상의 화려한 궁전을 보고 있
네
이야기가 이야기의 꼬리를 물고 돌아가는 시간의 뱀 안
에서는
아무것도 죽지 않는다
이야기는 지금도 계속되어야 하므로
배우는 계속 연기를 해야한다

점단(占斷)

인간의 용인 무당이 눈을 매화 눈을 떠서 매화가 만드는
수(數)와 역(歷)의 관계를 거울처럼 들여다보았다

무당이 내 고장 난 인생에 대해 말했다

오월염천에 한 겨울 같은 오한 때문에 고생하겠군요
고통의 뿌리를 잘라내기 위해 몸에 칼을 대든가
쥐가 먹고 있는 지붕의 대들보를 수리해야 할지도 모르
겠습니다
언덕너머 도화 촌에서 바람이 불어 마음은 배를 타고 먼
길을 가고 싶은데
혈혈단신의 몸이 바닷가 절벽에 서서 그림자만 늘이고
있습니다
가시철망에 쐐기풀이 무성한 울타리를 넘어가는 인생이
군요
능소화가 핀 정원이 있는 집에 귀인이 있는 줄 알고 찾아
갔으나
귀인은 없고 온 몸이 상처와 피 소름으로 만발입니다
뜰 앞 장미는 가을바람에 말라비틀어져 있고
벽 사이 거미줄에는 왕거미가 날아드는 나비를 기다리는

형국입니다

　내가 매화를 빗자루로 쓸면서 생각했다

　매화가 용들의 말씀이자 징조이라면 나 역시 시간의 매
화나무에 핀 꽃잎이다
　하늘에는 용들의 비늘 같은 별들이 번쩍이면서 매화나무
숲에 빛을 보내고 있고
　지상에는 용들의 피가 만든 빗물들이 매화나무 뿌리와
줄기를 적시고 있다
　매화 숲의 예언은 빛과 어둠의 모자이크 놀이
　용의 변신이자 꿈의 구궁도(九宮圖)에 관한 해석임을 내
이미 알고 있다

귀신과의 연애

현실에서 일차로 금욕을 마셨다
이차를 위해 영혼이 꿈으로 내려가 도의 위치를 물었다

선생님도
제가 바로 길잡이예요

나무들의 네온사인이 화려한 숲의 밤거리에서
도화기가 가득한 계룡산귀신들이 눈웃음을 치며 팔을 붙
들더니
푸른 금강 속에 무거운 목숨은 훨훨 벗어놓고 질탕하게
놀자한다

끝내줄 거야?
어떻게?
호탕하게 웃으며 심심한 환상이 수작을 받는다

화장을 요염하게 한 들꽃향기가 가을 숲을 불타는 비로
적신다
장군봉 절벽아래 걸린 달은
둥근 언덕과 은밀한 계곡을 보여주며 계산을 하라한다

귀신이 허공에 걸린 집으로 가서 침대에 같이 눕자고 유
혹한다

미안하지만
금욕만 하다 온 백수야
신용카드도 쓸 수 없는 파산선고자라서 말이지

얼굴이 일그러진 안개가 모든 벌판의 길을 지운다
사천왕상모습의 바위들이 오더니 사정없이 주먹을 올린
다
잠시 한 눈을 팔은 먼 길의 순례가
새벽닭이 우는 새벽에 현실로 내 동댕이쳐진다

옷의 역사

밑이 터진 바지를 입고
물통을 북처럼 메고 농악 흉내를 내면서 동네 골목을 돌
아다녔다 한다
(누님들이 기억하는 내 유년 시절의 초상)

초등학교 일 학년 때 수업시간에 설사를 한 내 다리와 바
지를
처녀담임선생님이 우물가 지하수펌프의 물로 씻어 주었
다
(그 흰 손의 아름다움과 내 붉은 치욕의 얼굴)

검은 교복을 입고 학칙과 예절과 법이 입혀주는 옷을 입
고
문화가 재단한 패션에 따라 양복과 넥타이를 맨 샐러리
맨이 되었다
(거울에 비친 허수아비와 바람 부는 벌판의 이미지)

나이가 들면서 평수가 넓은 아파트나
판공비와 비서가 딸린 회사의 보직이 찍힌 명함이 내 옷
이 되었다

(울타리가 높은 감옥에 갇힌 죄수)

인간은 죽어서도 옷을 입고 산다
봉분을 쌓고 떼를 입혀서 풀 옷을 해마다 갈아입는다
(눈이 오면 흰 수의로 변하면서 여자의 엉덩이처럼 보일
때도 있다)

에덴의 패션은 누드 룩이다
언제 어디서나 어디로든지 편재한 신은 세계라는 누드
옷을 입고 있다
신의 자녀인 아담과 이브도 같은 재질의 옷을 입었다고
기록되어 있다
(인간은 에덴추방이후 선악과의 나뭇잎으로 가린 문명
이라는 옷을 입고 산다)

관심

스토리전개가 지루한 책처럼
배우의 연기가 천박한 영화처럼
한 번 듣고 나서 더 이상 들을 필요가 없는 음악처럼

관심이 쓰레기통에 버려져 종말처리장으로 실려갔다

오 시간
백일홍처럼 불타오르는 시간
붉은 가슴 기러기의 날개를 부풀게 하는 시간
얼음물 속의 고기를 잡아서 새끼를 키우게 하는 시간

너 언제 어디서 나에게 사랑을 고백할거니

아무 힘도 없는 병자처럼
생각을 할 수 없는 멍한 바보처럼
계좌에 잔고가 비어 외출도 할 수 없는 실업자처럼

관심이 생활보호대상자가 되어 사회복지사의 방문을 받
았다

오 시간
레이스에서 마라톤주자로 달리는 시간
히말라야 꼭대기를 원정대장으로 오르고 있는 시간
유럽초원을 향해 질풍노도로 몰려가고 있는 훈 족의 시
간

너 언제 어디서 나에게 사랑을 고백할거니

러브호텔

산길은 꽝꽝 얼어붙었고
계룡산 상신리 허름한 슈퍼 자판기는 고장이 나고
커피 한잔을 찾아
러브호텔이 잔뜩 몰려있는 계룡산 장군봉 기슭까지 달려
왔고
호텔에 들어가면 사랑이 이루어지는지
궁전모텔 황제모텔 알프스모텔등의 붉은 간판을 한참이
나 쳐다보았고
평생을 노력했어도 사랑을 수확하지 못한 백수에게는
러브호텔의 카운터가 에덴의 입구가 아닐까 새삼 쳐다보
았고
열쇠를 가진 베드로가 문을 지키고 있는지
검을 든 가브리엘이 천국행 자격심사를 하는지 두려웠는
데

주차장에는 번호판을 가린 승용차들이 늘어서 있어서
사랑을 하기 위해서는 지상의 주소를 모두 지워야 하는
규칙을
갑자기 깨달았고
금단의 생명나무가 아직도 있는지

늙은 뱀한테 부탁하면 사과의 쾌락을 맛볼 수 있는지
아침을 거른 영혼은 배고픈 지식욕을 버리지 못하였는데

커피 한잔을 찾아
여기까지 온 등산 인생을
천국의 행복을 향유한 아담과 이브들이 힐끗 쳐다보고
지나갔고
커피 한잔의 향기에 마음이 녹아서
만년설처럼 얼어붙은 천왕봉 꼭대기, 신의 영토를 아름
답게 바라보았고
이브가 없어 들어가지 못한 러브호텔을 꿈처럼 바라보았
고

불안한 사랑

사랑은 아주 옅은 새벽안개처럼 왔다
울타리에 선 향나무와 월계꽃을 수채화처럼 물들였다

태양이 오자 안개는 녹아 내렸다
향나무는 거친 가지를 하늘로 올렸고 월계꽃은 향기를
소방호스처럼
뿜어댔다
깊고 검었던 눈은 이해타산의 의심하는 눈초리로 바뀌었
다

사랑은 다시 옅은 황혼으로 왔다
아스팔트와 콘크리트 건물이 늘어선 도시를 수채화처럼
물들였다

밤이 오자 황혼은 지워졌다
네거리 신호등은 올빼미 눈처럼 타올랐고 거리의 네온사
인 간판은
손님을 부르는 높은 비명을 지르기 시작했다
황혼에 귀를 대었던 침묵은 불안한 소음으로 가득 찼다

사랑은 가끔 신비스러운 집으로 안내하는 맹도견처럼 왔
다
이상한 색깔과 장식의 문고리가 있는 문 앞에서
현실은 문을 여는 위험을 망설였다
집으로 들어가야 하나?
그 문이 다시는 열리지 않는 꿈의 입구라면
꿈 안에서 미로를 돌아다니는 괴물로 영원히 살아야 하
나?
그 괴물이 목마른 내 영혼임을 확인해야 하나?

게임랜드

뇌 속에서
장난감이 나가고
책과 공책이 나가고 필기도구가 나갔다
뇌는 산타클로스가 놓고 간 무한한 선물보따리
뇌 속에서 부모님이 나가고 친구가 나가고 처자식이 나
갔다
비워지면 채워지는 쌀 항아리인지
뇌 속에서 학교와 병원과 아파트와 기차역이 나갔다
뇌 속에서
휴대폰이 나가고 컴퓨터와 자동차와 비행기와 배가 나갔
다
영화와 책과 게임과 소프트웨어가 나갔다
흥부가 타는 박처럼
몸이 원하는 모든 물건들이 밖으로 쏟아져 나갔다
뇌의 주인공인 자아는
이미지를 레고 조각처럼 늘어놓고 개인의 역사를 만들었
다

문화와 문명은 디자인천국
관계로 이루어진 디자인은 어떤 명주실보다도 질기고

자본으로 쌓은 시스템은 어떤 강철보다도 강하다
뇌 속에서 타임아웃 경고 등이 켜진다
뇌 극장은 영화의 마지막 장면을 보여준다
화면이 백지처럼 지워진다
뇌의 숲에서 도끼자루가 썩는 줄도 몰랐다니
뇌의 미로와 가상제국을 장난처럼 이토록 헤매었다니
검은 침묵 속의 어머니가 저녁에 늦었다고 꾸중을 하시
겠네

공장

도시 한 귀퉁이에 공장 하나가 서 있었다
많은 트럭이 대문을 열고 들어갔고 굴뚝에서는 검은 연
기가 치솟았다
그 공장이 무엇을 생산하는지 수수께끼였으나
오래지 않아 백화점의 진열대에서 그 공장의 이름이 인
쇄된 상품을
발견하였다

그 상품은 삶이었고 공장의 이름은 시간이었다

그 도시에 있는 아파트도 알고 보니 공장이었다
사람들을 삼키고 밤새 휴식으로 가공한 몸과 정신을 내
보내는
고철과 휴지를 재생해서 밝은 쇠와 종이로 바꾸는 재활
공장이었다

공장의 이름은 인과응보라 했다
거리의 길들은 생산된 사건과 욕망을 감독하려는 순찰차
들이
법과 윤리의 이름으로 돌아다녔다

세월이 계속 검은 연기를 피웠고
공장의 기계들은 쉴 새 없이 돌아갔다
도시 한 귀퉁이에는 공장에서 배출한 쓰레기들이 가득히
쌓였다
아파트 울타리언덕에는 월계낙엽들이 수북이 쌓였다
도시근교 공원묘지에는 무덤들이 계속 영토를 늘려갔다

빅뱅

처음엔 하늘의 별인줄 알았다
마음의 검은 하늘을 꽃불처럼 수놓은 횃불
그 점들이 움직이기 시작해서
수십 년 만에 돌아온 혜성이라 생각했다
압력이 높은 힘이 바람을 깨뜨리는 듯한 이상한 소리가
들렸다
UFO이거나 미사일일지도 모른다는 판단을 했다
미확인 비행물체가
지평선으로 독수리처럼 일제히 급강하했다

내 목숨이 걸어가야 하는 꿈의 도시, 세포핵 DNA에서
핵폭발이 있었다
빛과 열의 해일
문명과 벌판의 나무뿌리들을 모두 날려버리는 폭풍
공간에 구멍이 뚫리고 시간이 폭포처럼 무너져 내리는
그 아비규환이
지상의 기억과 욕망을 재와 먼지로 만들었다
새로운 포석으로 바둑알을 놓고자하는 세계전쟁놀이

겨울이 지난 첫봄에 매화나무 순이 터졌다

숲에서 나방이들의 어두운 고치가 열렸다
산부인과에서 아내의 자궁을 열고 아들이 목숨으로 나왔
다
별과 별의 악수가 황도에 비단무늬처럼 수놓아지고
관계와 관계가 등나무 줄기처럼 얽히기 시작했다
보이지 않는 빛과 에너지가
마음의 검은 하늘 끝까지 날아갔다

전등

캄캄한 방에 불을 켰다
가구며 벽지의 색깔, 시계의 시침까지 갑자기 나타났다
백 와트 전등이었더라면
그 불빛은 맞은편 아파트에 사는 마음에게까지
혹은 야간비행을 하는 헬리콥터 조종사의 우연한 눈에까지
닿았으리라

내 목숨이 누구인가 스위치를 켠 전등이라는 것을 알았을 때
내 목숨은 밝게 빛나는 백만 와트 전등이고자 했다
몇 억 광년 저편의 은하도 볼 수 있도록
내 사랑의 생각들이 아주 먼 시간 후에라도 도착하도록
어떤 답신과 메일들이 내 운명에 도착했는지 확인할 시간도 없이

맞은편 아파트 방에서 불이 꺼졌다
죽음처럼 고요한
구름이 와서 별이 없는 밤 같은 관계의 침묵
빛으로서 말씀을 주고받았던 악기들의 대화가 그친 공연

장은

  갑자기 관객이 없는 겨울바다가 되었다

  긴 밤이 되고 긴 어둠이 되리라

  나비 떼 같은 기억과 환상만 밀물과 썰물처럼 분주하리
라

  내 목숨은 감시카메라 탐조등처럼 아파트 숲을 쳐다보고
있으리라

  칠흑 같은 마야의 바다에서

  새벽햇빛이 산봉우리를 전등처럼 발화시킬 때까지

새장

당신은 말한다

네 이름이 김백겸이지
한국원자력연구소의 책임행정원이야
83년에 서울신문 신춘문예로 시인이 되었네
몸이 약해서 소년시절부터 금욕과 절제가 몸에 배었고
담배는 안하고 술에 약하며 여자도 심하게 가리지
클래식과 비의(秘意)서들을 좋아하고
악취가 나는 시간이 오면 동면하는 곰처럼 침묵으로 도
망가지
부귀공명에 뜻을 두었으나 신약한 운명이라 모두 실패했
고
뇌성마비 아들의 재활 때문에 돈과 시간이 꽤 들어갔지
주역과 명리로 천명을 해석한 후 억울한 마음을 간신히
달랬네
서가구석의 돈 되지 않는 시를 다시 끄집어내어
체념한 인생의 와신상담으로 맹렬히 썼지

당신은 다시 말한다

훌륭한 시인이 되고 싶으면 충고를 새겨들어

네가 살아온 이력서가 모두 새장의 창살이야

너는 과거에 갇혀서 창살사이로 보이는 세계만을 볼뿐이
지

과거를 안개처럼 지워야 하늘로 날아오를 수 있지

폭풍이 그친 하늘에 구름선단이 용의 비늘로 떠 있는

오색무지개 바다를 볼 것이고

독수리의 눈으로 쥐처럼 기어가는 윤회인생을 찾아낸 다
음

매운 발톱으로 찍어서 우는 영혼의 배를 채울 수 있을 거
야

하늘나라 방울토마토

대단위 하우스에서 본 하늘의 별처럼 열린 열매가 아름
다워서
천 원을 주고
한 그루 식물이 심겨진 화분을 가져왔다
내 관심과 시선이 어떤 열매를 맺을 것인지 확인하기 위
해

낯선 주인을 만나
식물은 입을 내밀고 좀처럼 눈을 주지 않았다
그래도 작은 새를 길들이는 심정으로 아침에 물을 주었
더니
황혼의 저녁에 얼굴에 붉은 화색이 돌아오고
나를 보고 작은 미소를 보여주기 시작했다

그로부터 식물과 나의 사랑게임이 시작되었는데
사랑을 위해 식물이 잎과 꽃을 피우는 수화를
나는 열심히 배워야 했다
긴 시간 후에 작은 토마토 식물이 온 몸의 기를 모아 필
사적으로
나에게 보여준 것은 어린 열매 하나

열매는 태양이 뜨거운 베란다에서 말라죽었다

작은 새는 아직 날개를 준비하지 못해 죽음의 바다를 건
너갈 수 없었다
시간이 사방에 푸른 심해로 모여있는
그 덫을 피해 나갈 힘이 없었다
무능한 내 손길이 방울토마토를 죽게 했다
대단위 하우스에서 농부의 손길과 동료들의 사랑이 있었
더라면
붉은 열매를 맺었을지도 모를
푸르디푸른 어린 열매 하나가 화분에서 목을 매었다

꽃 전등

권력은 유한하다
백 촉 전구가 방안을 밝히는 그 순간까지 유한하다
김일성도 박정희도 두 개의 방이 있는 한반도에서 방을
밝히다 갔다
전구는 수명시간이 다했으므로 어느 날 순간적으로 불이
꺼진다
국민은 슈퍼마켓으로 가서 새 전구를 사 온다
불을 비치는 법과 권력이 분명하므로 국민은 안심한다
여왕벌이 있어야 일을 하는 일벌처럼

공원의 푸른 숲에 백일홍 꽃잎의 화려한 전등도 유한하
다
화무십일홍(花無十日紅)이란 고사도 무색하게
백일동안 피고 지는 꽃을 설계한 유전자의 성욕은 끝이
없다
공장에서 전구의 수명을 백일동안 품질보증을 한 모양인
지
백일동안 피고 지는 꽃이 매일 마시는 공해처럼 지겨워
질 때쯤
찬바람이 불고 꽃 전등은 불이 나간다

하늘과 땅의 기운을 쓰는 전나무들의 이파리는 언제나
싱싱하다
꽃 전등은 밝은 빛을 비추어 보는 눈들을 즐겁게 한다
전기는 하늘의 구름에도 벼락같이 들어있으며
생명에너지는 지상의 꽃들에게 젖꼭지를 대고 있다
꺼지지 않는 전등처럼 지지 않는 꽃 몸을 수련하는 사람
도 있지만
김일성과 박정희는 보통전구처럼 몸의 수명을 다했고
국민들은 새 얼굴의 여왕벌을 보는 재미를 세세연년(卅卅
年年) 누린다

감나무

몸을 무쇠 산에 구멍을 낸 바늘귀처럼 연마하고
정신을 바늘 귀보다도 작은 황금 실로 길게 늘어뜨리면
기운과 지식은 허공으로 틈을 낸 구멍을 넘어서 저 세상
으로
가리라 믿었다
황금 꽃을 보고자 생애를 바친 선배들이 히말라야 설산
으로 가거나
아라비아사막 은자(隱者)의 동굴로 간 길이었기에

단전에 화로 불처럼 지펴진 기운은
풍로의 호흡이 약해지자 숨이 찬 마라톤주자처럼 헐떡거
렸다
정신에 상수도로 들어온 지혜는
늙은 몸의 때를 안고 욕조를 지나 하수도로 일시에 빠져
나갔다

빙하기의 눈 같은 무거운 잠이 내리는 계절이 왔다
손바닥 같던 잎들은 떨어지고 감나무는 까마귀를 위한
붉은 감을
마지막 불씨처럼 남겨놓았다

내 몸은 찬바람을 맞는 검은 바위처럼 굳어있다
내 정신은 갑옷을 입은 거북이처럼 감 씨앗에 숨었다

검은 까마귀가 날아와서 날개 밑으로 어둠을 병풍처럼
펼치리라
나는 체념한 전사처럼 검은 까마귀의 식욕에 몸과 정신
을 맡기리라
검은흙에 떨어진 다른 세상의 시간에서
다시 꿈을 꾸리라
감나무가 손바닥 같은 잎으로 온 세상을 덮은 순간을
황금나무가 되어 황금과일을 맺는 천국을

앰프

시중에 나온 파워앰프들은
아프리카 초원에서 잡아온 호랑이나 사자 코뿔소처럼 힘
이 세다
스피커를 통해 울부짖는다
한밤에 흐르는 달빛이나 시냇물소리
대낮에 버드나무를 움직이고 가는 미풍의 소리를 사랑하
는
내 귀는 오디오고수에게 자작앰프를 주문하였다

그러나 그 앰프는 아직도 도착하지 않았다
독촉전화와 확인메일을 통해 오는 대답은
언제나 같은 내용
회로설계가 아직 다 끝나지 않았다는 이유
섬세한 조정을 위해 무한정한 시간이 필요하다는 배짱
목에 불이 올라와 침이 마르고서야 이 프로세스를 이해
하였다
내 귀가 고수의 소리를 들어야할 준비가 안되었거나
고수의 앰프는 이미 내 상상 속에 들어와 있는데도
내가 아직 전원스위치를 넣지 못한 것
(음, 마음 명창이어야 된다는 말이구나)

심장에 깨끗한 전기를 넣었다

태양으로부터 빌려온 빛을 뇌와 말초신경에까지 보내 청
소하고

산정에서부터 불어온 공기를 폐와 심장으로 보내 풀무질
을 했다

귀가 지상의 어떤 소리라도 놓치지 않도록 소리굽쇠를
닦아놓았다

그 때부터 나무들은 지하의 소리를 증폭해서 푸른 나뭇
잎을 토해냈다

그 때부터 구름들은 하늘의 소리를 증폭해서 빗줄기로
떨어뜨렸다

그 때부터 사람들은 무의식의 말씀을 증폭해서 사랑과
고통의 표정을 지었다

승객들

KTX를 놓치고
무궁화열차로 하행 길에 오르다
더운 실내를 피해 문 밖에서 찬바람을 마시다
열차의 연결 쇠들이 거친 호흡의 짐승처럼 신음을 하다
선로의 이음매에 걸리는 바퀴들은
낡은 관절이 처한 장애를 끊임없이 호소하다
탈선을 막기 위해 쇠들이 저렇게 노력하는 아비규환을
모른 채
실내는 평화로운 요람
지상은 지하의 지옥에 의해 유지되는 천국임을 문득 깨
닫다

인류도 지구열차에 탄 승객
목적지가 다르지만 같은 시간표를 끊은 인연으로 얼굴을
마주보며
사랑하고 싸우고 속이고 때로는 이웃을 돕기도 한다
지구가 날아가는 무서운 속도의 마찰음은
그 어떤 소리로도 비유가 불가능
위성에서 듣는다면 하늘의 용이거나 바다의 괴물이 지르
는 표효이겠지

지옥의 괴로움을 모르는 채
전생성적표가 좋은 지구입학생들은 푸른 캠퍼스를 뛰어
다니며
희망과 꿈에 부풀어 오르다

태양은 핵융합으로 끓어오르는 기관의 용광로
달은 냉각시스템을 담당한 기계장치
거대한 엔진들이 돌아가는 시공간의 배들은 한 치의 오
차도 없이
제 항로를 지키다
타이타닉 호에 승선한 승객처럼 모든 생명들은 생의 파
티를 즐기고
목적지에 도착하기를 기다리다
바다 건너 뉴욕이거나 바다 밑의 암초이거나 운명은 아
무도 모르지만
심장을 쿵쾅거리는 쇠들의 뜨거운 비명에 의지한 채

게임

아리스토파네스의 희곡에서
아테네의 모든 여자들이 섹스파업을 벌였다
남자들이 펠로폰네소스 전쟁을 멈출 때까지
여자와 섹스를 할 희망이 없다면 전쟁의 승리가 무의미
함을 알고
아테네의 남자들은 스파르타와 평화조약을 맺는다

게임의 정의는
상대가 좋아하는 전략을 예측하여 내 전략을 선택하는
이익추구상황
게임에서는 단연 여자들의 전략이 앞섰다
남자의 전략은 여자의 전략을 예측하여 이루어지고
여자의 전략은 남자가 예측한 여자의 전략을 다시 예측
하여 수립되고
무한발산전략은 평형선택*에서 균형을 이룬다

평형이 보장된다면 인생이 행복하리라
지축의 경사가 기울지 않았더라면 지구의 사계는 일정했
으리라
저울의 기울어진 축 때문에 인생은 무거운 추를 올려놓

는다
　평형은 새로운 상황의 기울기를 가져오고
　인생은 또 땀을 흘려 추를 올려놓는다
　시지푸스의 돌처럼 대를 이어 계속해야하는 게임

　구애게임은 현대에서도 계속되고 있다
　여자들의 평화취향으로 남자들은 전쟁을 까마득히 잊었
다
　위기상황에서도 무력한
　여자와의 섹스에 목을 맨 남자들의 허약함이 매력을 잃
었다
　자연과 사회는 평형을 좋아한다
　여자들의 눈물을 뒤로하고 남자들은 전쟁을 향해 가리라

*수학자 존 내쉬의 평형이론으로 경제학 기업전략 군사전략에 이용되어 노벨상을
수상했다

부표

변산 바다에 갔으나
바다는 썰물로 빠져서 먼 지평선에 진을 친 군대였다
어둑어둑한 황혼이었다
다시 오리라 기약을 하고 잊어버렸다
다시 변산 바다에 갔으나
바다는 역시 썰물로 빠져서 먼 벌판에서 놀고 있는 얼룩
말 떼였다
태양이 내리쬐는 정오였다
파도는 약소장소에 나타나기로 한 연인이었으나
그 시간은 변덕이 심해 일정하지가 않았다
어부에게 물어보니 물때는 고무줄처럼 늘어나거나
줄어드는 놀이였다
달의 리듬인 사리와 조금을 잊은 채
태양의 시간에 맞추어 데이트를 나간 어리석은 남자
그림자만 개펄과 백사장에 거위로 기어다니는 풍경을 구
경했다
그 바다가 언제 어디로 파도 떼를 몰고 올 것인가
달의 지도를 펴고 그 위치를 확인하는 일은 쉬운 일이기
도 했으나
한없이 두렵고 무서운 일이기도 했다

그 바다를 내 집으로 맞이하는 신부처럼 들여오는 날
폭풍처럼 몰려와 인생을 쑥밭으로 만들 것이므로
사자에 놀란 얼룩말무리처럼 정신없이 홍진(紅塵)을 피
울 것이므로
마음의 무의식은 계속 시간을 지연하면서
안전한 성을 쌓아 위험에 대비했다
어떤 파도가 오더라도 견딜 수 있는 든든한 방파제를 쌓
았다
사랑이 시간의 파도에 낡은 성처럼 무너져 내릴 줄을
꿈에도 모른 채

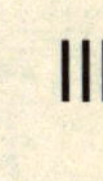

하늘 고래

천기누설이 구름으로 떠 있는 풍경을 아느냐
일필휘지 바람의 붓이 구름을 향유고래떼로 만드는 그림
을 아느냐
나는 쇠로 만들어진 고래
하늘바다의 비경(秘境)을 돌아다니는 마법양탄자이다
손오공이 부처의 손바닥을 돌아다니던 근두운의 다른 이
름이다
신선이 되고자하는 욕망과 기계문명의 무한기술이 나를
창조했다
진흙인간에 숨결을 불어넣은 야훼처럼 설계자는 만족하
리라
고래의 지느러미 같은 날개와 꼬리의 유연함이 자랑스러
우리라
내 뱃속에 들어와 보라
휘발유 불을 뿜어내는 용과
초음파를 거미줄처럼 허공에 뿌리는 전자박쥐와
이십만 개의 부품개미들을 전기로 호령하는 여왕개미가
있는
기계 숲을 보리라
긴 숨을 구만리장천에 뿌리면

나는 향유고래처럼 하늘바다를 날아오른다
네 목숨이 입술을 대고 있는 가이아의 몸을 본적이 있느
냐
지상의 도시와 도시를 잇는 신경망 같은 길들이 보인다
백두대간이 거대한 등뼈처럼 뻗어있다
눈에 보이지 않으나 고속도로처럼 펼쳐진 하늘 길을 나
는 간다
내 뱃속에 들어와 요나처럼 눈이 밝아진 자여
황혼의 구름이 향유고래 떼로 심해 어둠을 항해하는 풍
경을 보리라

콜럼버스의 항로

　황금과 상아가 있는 부유한 인도를 향해 범선을 타고 떠
났으나
　듣지도 보지도 못한 이상한 섬에 도착한
　콜럼버스처럼
　먼 침묵의 해변에 도착한 내 가늘고 가늘어진 숨은
　야자수의 시원한 그늘과 화려한 날개의 새들이 우짖는
풍경을 보고서
　꿈꾸던 목적지에 이르렀다고 믿었지

　알아들을 수 없는 말과 문신을 새긴 미개인들이 숲에서
나와
　전설 속의 신이 왔다고 머리를 조아리는
　다소 황당한 환상을 보기 전까지는…
　그 새로운 권력과 우상의 옥좌가 현실의 초라한 감투보
다 멋있게 보여서
　신대륙의 영원한 지배자로 남고 싶었네
　사이렌의 요염한 노래에 반한 오디세우스처럼

　그러나 육체로부터 한없이 늘어난 한 줄기 실에 묶인 내
숨은

탯줄을 끊어야만 울음을 터뜨릴 수 있는 자궁 속의 아이
구대륙과의 인연을 끊지 못하고
가난과 질병과 전쟁이 숨쉬는 현실로 귀향하는 콜럼버스
처럼 돌아왔네

불사의 비법을 기대했던 현실은 진시황의 불 같은 노여
움으로
내 영혼의 방황을 체포했네
감옥에서 지도와 나침반으로 선인(仙人)들의 항로를 제
대로 연구하도록
다음 원정에는 이상한 섬에 도착하고도
부유한 제국 인도에 닿았다고 착각을 하지 않도록

공중마차

밤마다 마차를 타고 외출을 하는 신사
그는 재담을 늘어놓는 음유시인과 가면무도회가 열리는
살롱에
출근을 한다
손님들이 모두 좋아하는 노래와 환상
왕과 거지, 악마와 천사, 로맨스와 모험이 모두 가능한
이상한 파티에
출근을 한다

이름을 붙일 수 없는 마음이 만들어낸 신사는
언제나 마차를 타고 가야 한다
마차가 없으면 가문이 보장하는 문장과 집도 없다
지위와 부와 명예가 네 마리 말이 끄는 마차의 화려함에
있다
신사는 밤마다 외출을 하지만
새로 사귄 정부를 만나거나 사업과 현실이 싫어 은둔을
하고자 할 때에는
대낮에도 외출을 한다
그 때는 공중마차이므로 지상의 사람들은 신사를 보지
못 한다

오로지 구름이거나 바람이거나 태양 같은 무리들만 마차
를 따라다닐 뿐
별들이거나 귀신들만이 이 마차를 알아보고
손을 흔들 뿐

어느 제왕은 만승의 마차를
어느 각자(覺者)는 대승의 마차를 소유하는 영광을 누리
기도 하지만
신사가 원하는 것은 언제나 휘파람을 부르면 달려오는
개인소유의 꿈 마차
그 마차가 없으면 그는 우물 안의 개구리이며
기쁘거나 슬프거나 신기한 세상의 풍경을 보지 못하는
장님이므로

열정의 진화

그 이름이 무엇인지 처음에는 몰랐다
지하에 있는 용암처럼 무언가 뜨거운 기운이 심장에서
소용돌이치고 있음을
알 수 있을 뿐이었다
벌판에는 잡풀이 자라고 소나무 숲이 남풍에 흔들리고
있었으며
하늘에는 양떼구름이 노을을 뜯으며 흘러가고 있었으므
로

그 이름이 무엇인지 그 다음에도 몰랐다
심장에서 뜨거운 기운이 핏줄기를 타고 올라가 머리에서
연기를 피웠다
눈은 운무가 가득한 해변의 바다처럼 시야가 캄캄해졌고
귀는 귀신들의 발자국 같은 바람소리로 종적이 어지러웠
다

그 이름이 아랫배에서 부화를 시작해서 고치를 뚫고 나
오기 시작했다
두려움이 악어의 손발로 자라더니
죄의식이 호랑이의 발톱으로 돋아났다

목마름이 상어의 아가미처럼 입을 벌렸고
억울함이 독수리의 날개처럼 부화해서 어디로인가 날아
가려고 했다

그 이름이 활화산에서 넘치는 용암처럼 평화로운 대지를
모두 삼켰다
척수를 타고 올라간 뜨거운 기운은 정수리를 지나 어두
운 하늘로 들어갔다
검은 태양이 검은 여신의 눈동자로 나를 쳐다보았으며
내 영혼은 기아와 목마름을 안고 이상한 나라를 방황해
야 했다

신들의 프로젝트

머리를 통나무처럼 굴리고 토막시간을 덕지덕지 꿰매서
간신히 신에게 기도할 틈을 만들어내었다
그런데 신이 식사 중이어서
기도는 신의 나라 문틈을 통과하지 못하고 구천(九天)을
구름으로 떠돌았다
영생을 얻지 못했다고 생각한 마음은 비탄이 불어난 홍
수에 목이 잠겼다

왜 이런 비극이 발생하였을까
희망을 돼지새끼처럼 떠내려 보내는 운명에게 원한을 산
적도 없었고
세상의 법과 관습에게도 세금을 연체한 적이 없었는데
무엇이 신에의 순례를 괘씸하게 여겼을까
하필이면 신의 바쁜 시간에 내 마음이 불타는 떨기나무
로 타올랐다니

도시에는 교회와 신앙인들의 집회가 슈퍼마켓처럼 흔했
으나
문명사회의 부와 권력을 포도넝쿨처럼 확장하는 데 바빴
을 뿐

아무도 신의 식사시간을 알지 못했고
신의 다음 스케줄에는 까막눈을 가진 장님들이었다

인류는 신의 호적에서 아들로서의 이름을 지워야 하리라
나를 비롯한 모든 예언자와 시인의 관사가 머리에서 모
자를 벗어야 하리라
신이 식사를 끝내고 지상에 아마겟돈을 시작하려는 천사
들의 기안에
사인을 끝내는 순간
인간들의 시간을 신들의 시간으로 바꾸려는 프로젝트가
시작되는 순간

추억의 명화

눈을 감으면
마음은 눈꺼풀에 뜬 스크린에 검은 기억들을 상영했다
눈을 뜨면
마음은 시공간에 비친 사차원 스크린에 보고 싶은 욕망
을 상영했다

주연인 영혼과 육체
조연인 해와 달 산과 강
엑스트라인 나무와 풀과 곤충과 새들
배경세트인 도시문명과 자연의 푸른 벌판이 늘어섰고
배경음악인 침묵이 별들의 오케스트라에 의해 끝없이 연
주되었다

감독이 레디 고를 외쳐
내 고달픈 생애가 촬영되었다
태몽의 순간부터 죽음의 현몽까지
스턴트맨들이 아슬아슬한 장면을 연출하는 현실의 악몽
이 진행되고
촬영기는 상하좌우로 늘어서서 모든 연기와 표정과 감정
을 감시하였다

희노애락(喜怒哀樂)의 연애영화
부귀공명(富貴功名)의 액션영화
인의예지(仁義禮智)의 교훈영화
춘하추동(春夏秋冬)의 역사영화

모두 기회가 된다면 다시 보고 싶은 명화가 되어 필름창
고로 들어갔다
영화가 끝나고 관객이 썰물처럼 물러갔을 때
텔레비전 재방송도 시청률하락으로 상영종료가 되었을
때

윤회

연인은 손을 흔들어 미소를 지었고
그 신호는 에테르의 바다를 건너 눈으로 들어와 풍경이
되었다
아그배나무 가지 위에서 소쩍새는 울음을 쏟아내었고
그 신호는 공기를 타고 귀로 들어와 소리가 되었다

일 초에 수십만 번씩 떠는 원자들의 진동과
일 초에 2KHz로 떠는 음원의 진동이
무의 공간을 날아와서
뇌 속에서 합성되어 연인과 울음을 만들었다

연인과 소쩍새는 그 자리와 그 시간의 좌표에 그려진
에너지합성이었는데
그 에너지를 본 내 마음의 에너지가 기쁨과 슬픔을
만들어 내었다
캄캄한 가슴의 바다에 하늘의 은하수 같은 별무리를 그
려내었다

그 자리와 그 시간의 좌표에서
연인과 소쩍새의 모습은 흩어져 다른 인연을 향해 날아

가 버리고
　아뢰야식에 인화된 사진만 오래오래 남았다
　내 몸과 마음이 땅 속에 묻힌 뒤에도
　기억은 운명의 부식으로부터 살아남았다

　새 시간과 새 좌표가 오고
　그 때의 태양과 공기가 렌즈를 굴절시켜 기억을 읽을 때
까지
　내 영혼이 자귀나무 무성한 잎과 뿌리로 피어나
　연인의 아름다움과 소쩍새 울음을 만날 때까지

꿈 마당극

꿈속에서 뛰어 놀았노라

옛 집에 가서 돌아가신 아버지의 빛나는 얼굴을 보기도
하고
옛 애인이 마녀가 되어 화형을 당하는데
나를 사랑한다는 비명이 무서워서 피해가기도 하고
교회의 문을 지나 그 누구인가의 장례식에 조문을 하는
데
가면을 쓰고 참석해야하는
이상한 규칙 속에서 놀았노라

꿈속에서 또 뛰어 놀았노라

세계는 인도차이나의 바다 해일로 벌 떼 같은 사람들이
몰살을 당했고
나라는 북한의 핵문제와 청년실업난, 정치인들의 이전투
구로 아수라장이며
회사는 무한경쟁의 전쟁터이며
가족은 아이들의 대입 수능으로 전전긍긍인
자연선택과 자본선택이 엉켜 비명을 지르는 고해 속에서

그물에 걸린 물고기처럼 파닥거렸노라

꿈에서 다시 돌아오니 미래가 현재요
현재가 다시 과거로 흘러가고 있는 회전무대에서 이야기
가 펼쳐지는데
꿈속에서 깨어 또 꿈 한 마당으로 나가는 장면전환이
죽음이었더라
너무나 큰 대하드라마여서
연출자의 지시로 해와 달 같은 조명등만 꺼지고 다시 켜
지는
분위기가 엄숙했더라

축제

시간의 두루마리에 그려진 삼라만상은
아시는 대로 모두 그림
시간을 불태워버리면 그림은 재로 변합니다
시간을 부서버리면 삼라만상도 강가의 바위와 모래로 변
합니다
시간의 독으로 세계는 뱀의 불타는 눈
이브는 성욕에 미치고 생명나무는 화려한 열매를 맺습니
다
에덴으로부터 추방된 시간이 삼 십 억년 동안
대지에 쟁기를 갈고 있습니다

시간은 생명의 바다에 불어 닥칩니다
파도가 한번 일어서자
노아의 방주에는
온갖 유전자들이 어류 양서류 파충류 조류 포유류의 방
으로 들어가
저희들끼리 교미하고 새끼를 칩니다
인류도 방 한 칸을 얻어서 사랑하고 미워하고 슬퍼하고
죽습니다
언제 사십 주야의 비가 그칠지 기약 없는 항해 속에서

바람이 파란을 만들고 또 부수는 장난 속에서

힘이 세진 시간은 문명의 바다에 까마득한 폭풍으로 몰
려갑니다
공간을 뒤집어서 가상현실의 공간을 만들어냅니다
컴퓨터 프로그램 속에서
시와 소설과 음악과 그림과 영화 속에서
저 많은 교회와 절과 사막의 동굴에서 올리는 기도 속에
서
바이러스처럼 증식하는 시간은 가상공간을 풍선처럼 부
풀립니다
시간은 풍선 속으로 뜨거운 바람을 계속 불어넣습니다
풍선들이 터지고 또 새로 커지는 시간의 축제가 화려합
니다

천라지망

도가
어떻게 생긴 물건인가
궁금하였네
사서삼경과 노장과 불경을 쌓아놓은 형이상학 집에 들어
갔더니
도라는 글자만
도라는 개념만
도라는 담론만 밀림의 나무처럼 무성하여서
도가 사막을 건너는 순례자에 마음에 맺힌 신기루인지
도가 밥 먹고 잠자고 똥 누는 일상에서 몸을 스쳐 가는
경험인지
도무지 헷갈렸네

그래도 그 도가 중요하다고 성인들이 오천 년 전부터 주
장을 해서
왜 중요한지도 모르고
도를 찾아 헤맸네
석가모니도 안 계시고
예수님도 아직 안 돌아오셨고
공자선생도 무덤 속에서 뼈가 부서진 지 오래라

그 누구한테도 물어볼 수가 없었네

그러다가 우연히 도라고 주장하는 물건을 만났네
회로를 따라 모양과 형상을 만드는 춤꾼을
풀잎 하나에서부터 우주에 이르기까지 같은 패턴으로 움
직이는
이상한 음양을
누구는 태극이라 하고
누구는 프랙탈이라고 하고
누구는 공(空)이라 하나
이름이 중요하지는 않은 천라지망(天羅地網)을 만났네
그 때부터 시간의 강물에 투망을 던졌네
기표가 아닌 물고기들이 어두운 물 속에서 올라왔네

벌레 환상

세금고지서가 배달되었다
인쇄된 벌레들이 내 지갑을 갉아먹었다
시집이 저자의 사인과 함께 배달되었다
책 속에서 대오를 정비한 벌레들이 내 사유와 감정을 뜯
어먹었다
이메일에 연구소의 공지사항과 현안문제가 배달되었다
전기를 먹은 벌레들이 눈으로 기어 들어와
뇌 속 신경회로를 헤집고 돌아다녔다

몸이 벌레의 횡포에 반역을 일으켰다
벌레가 물어다주는 먹이를 거부하고 벌레의 관심을 경멸
했다
벌레의 도움 없이 홀로 살아갈 자유를 꿈꾸었다
벌레가 없는 사막으로 들어가 하늘과 땅의 기운으로
몸을 부양하고자 했다
벌레보다 현명한 지혜와 깨달음으로
벌레의 도움 없이 바벨탑을 세우고자 했다

그러나 벌레가 이룩한 기표의 제국, 문명의 감옥에서는
벌레들이 설치한 감시카메라가 하늘의 별처럼 총총했다

벌레들이 권력과 성과 명예의 이름을 보여주었다
벌레들이 불멸의 진리를 보여주기도 했다
벌레들이 빛나는 금강벌레가 되어
환상의 새끼를 낳고 또 낳았다

캄캄한 어둠에서 일어나니 내 어머니는 바로 벌레
시간의 자궁에서 탯줄을 끊었을 때
배고파 떠나갈 듯 울던 내 정신에 젖꼭지를 물린 존재는
바로 벌레
기쁠 때나 슬플 때나 내 눈을 들여다보고 문화의 요람으
로
데리고 간 팔은 바로 벌레
죽어야만 벌레로부터 벗어난다고 가르쳐준 것도 바로 벌
레

키스마크

눈이 내려서 바람이 걸어간 발자국이 흔적으로 남았다
시간으로 매몰되어서
흔적도 남지 않았을 당신의 입술이
가볍게 내 마음에 찍은 그 키스마크가 검은 얼룩으로 남
았다

그 상처로부터
당신이 어느 숲으로부터 걸어와서
이 벌판에 무게를 남기지 아니하고
마른 나뭇잎 몇 장과 함께 저 언덕 너머로 바람처럼 사라
졌는지를
불타는 호랑이의 눈으로 조사하였다

당신이 어떤 모습의 키와 몸무게로
발걸음은 또 어떤 고통과 짐을 실어서 이 세상에 잠깐 들
려갔는지를
그 단서와 비밀을 추적하기 위해
내 마음은 바지가 젖는 줄도 모르고 숲을 돌아다니는 수
사관
키스마크가 평생의 병이 될 줄 모르고

무심코 당신의 입술을 받아들였다

바쁜 생활인이었더라면 그냥 지나쳤으리라
시베리아 한파가 폭풍 같은 눈을 밤새 이 나라로 퍼부어
서
갑자기 친숙한 얼굴들과의 관계가 천길 낭떠러지로 변했
다
이 모든 사건이 먼 훗날의 에피소드가 되고 추억이 되겠
지만
안락의자에 앉은 늙은 영혼이 가끔씩 회상해 볼 당신과
의 만남

그 시간의 얼룩이 바로 저 앞에 찍혀있다
밤새 내린 눈 때문에 캄캄한 마음이 화려한 눈꽃처럼 밝
아져서
당신의 발자국과 입술이 내 마음에 닿은 이유를
갑자기 깨닫게 되는 그 유혹이

충전기

몸에 기운이 떨어지고
정신은 혼비백산 아무 생각이 없고
무덤으로 돌아가 오로지 잠을 자고 싶은 삶에

충전기 하나가 있으면 얼마나 좋을까
시간의 콘센트에 플러그를 넣어서 샘물처럼 전기를 공급
받는
눈은 꽃핀 영산홍같이 화려하고
귀는 후박나무 잎처럼 푸르고 넓어서 모든 노래를 놓치
지 않는
사시사철 새 봄의 푸른 숲 같은 청춘이라면 얼마나 좋을
까

삼성 애니콜 같은 휴대폰 충전기 하나를 영혼에게 설치
할 수 있다면
신들과의 통화도 가능하리라
영원히 죽지 않는 목숨의 자격으로 당당하게 비너스에게
도 구애하리라

이 황홀한 구매 프로젝트를 세워서

황금귀고리와 푸른 비단 아홉 자를 준비해서 선생님에게
찾아갔다
제 몸에 충전기하나 제작설치하고 싶다고 여쭈었다
인간의 욕망을 위한 성형수술은 탐탁지 않게 생각하였으
나
뇌물에 눈이 어두워진 선생님은 단전에 충전기설치방법
을 전수하였다

그 때부터
낮과 밤을 지우고
침식을 전폐하고
우주로부터 기운을 빨아대기를
아이스크림에 중독된 소년처럼 하였으나

충전기는 언제나 다시 보충해야하는 임시 저장고
전기가 끊어 질까봐 전전긍긍하는 인생이 되고 말았다

아이스크림

나는 아버지의 아들이고
아버지는 할아버지의 아들이고
할아버지는 단군 할아버지의 후손이고
단군은 환웅천황의 아들이고
환웅은 빛이 가득한 하늘의 아들이라 전하니

내 안에는
내 마음 안에는
내 뼈와 살과 피안에는
하늘과 빛의 유전자가 돌아다녀서
그 유전자에 불을 질러 온몸의 결함을 개조하는 일이

견성(見性)이고

황금 벌레들이 욕망의 독충을 먹어 깨끗해지는 일이고
머리칼이 검어지고 이빨이 새로 나고 눈이 호수처럼 깊
어지는 일이고
피부가 눈 내린 소나무 숲으로 투명해지는 일이고
영혼에 태양이 언제나 밝게 드는 일이지만

그 고향을 찾지 못하는
세세연년(世世年年)을 하늘에서 철새로 떠돌다가
지상의 사막에 둥지를 틀고 알을 낳고 또 죽어 가는
목숨의 술래가 계속 고향을 잊지 못하는 게임만 되풀이
하는

이 지루한 생이 슬퍼서
나는 정말로 누구의 아들이냐
아버지의 아들이냐 역사에 기록된 환웅의 아들이냐
이도 저도 아니면 아무것도 아닌 허공의 아들이냐

질문만 질문에게 던졌다가 회수한다네
깜박 잠들었다가 잠깨어 다시 벽에 공을 던지는 어린아
이처럼
정신없이 시간의 아이스크림을 빨다가
죽음과 만나서 소스라치게 놀라는 늙은 어른처럼

마야

마야는
붉고 푸른 나무들이 어우러진 고원의 가을에 서 있다
과거로부터의 목소리를 듣기 위해
고고학자는
돌로 만든 피라미드와
돌로 쌓은 탑과
돌에 새겨진 이상한 모양의 상형문자를 연구한다
과거로부터의 메시지를 얻기 위해
과학자는
호수아래 천년 진흙의 성분을 조사하거나
만년설의 빙하를 잘라 녹아있는 대기를 분석한다

인도에서는 마야를 영원한 존재를 물질 속에 가두는 힘
시간이라 불렀다
나는 가을벌판에 서 있는 허수아비를 보고 달아나는 새
의 공포
오아시스 신기루를 보고 모래바람을 견디는 사막에서의
꿈이라
부른다

그 마야와 발음이 같은 마야문명은
어느 날 일제히 흔적도 없이 안개 속으로 사라졌다
모든 역사가 밀림 속으로 묻혀버렸다
전투와 질병과 가뭄과 신들의 노여움
마야멸망의 단서는 그 어느 사항으로도 신비롭다
문명의 멸망을 막기 위해 마야인들은 모든 희생을 바쳤
으리라
　십만 명의 인간희생과 왕의 심장이라도 개의치 않았으리
라
　그러나 마야의 신 케찰코아틀은 마야를 배반했고
마야는 거대한 미이라로 굳어야했다

돌의 상징으로만 남은 마야는
붉고 푸른 나무들이 어우러진 고원의 가을에 서 있다
내 꿈이 입김을 불어넣어서라도 살리고 싶은
영원한 시간의 욕망을
태양과 달의 피라미드로 쌓아올려서

가야신화

잠에서 깨니
동서남북이 안 보이고
천지사방을 구분할 수 없고
천년이 어두운 황혼이더라

구척장신이며
팔자눈썹이며
용안이었는데
가락국 인간들이 춤과 노래로 환영하더니
저들이 나를 김수로왕이라 불렀도다

금합(金盒)에서는 아직도 깨지 않은 알이 다섯이었더라
알에서는 아직도 용암의 불길이 꿈틀거렸도다
땅속에서는 아직도 지상으로 보낼 불의 알이 자라고 있
었도다
아들아
우리는 모두 불에서 와서 불로 돌아가느니라
알에서 나온 불들이
금관가야 대가야 아라가야 대가야 소가야 고령가야 성선
가야를 만들었으나

나라도 모두 불타 연기로 사라지느니라

허공에서 바람이 생기며 욕망이 생겼느니라
시간의 알이 깨지면서 하늘과 땅과 태양과 달이 만들어
졌느니라
바다를 건너 아유타국(阿踰陀國)의 공주가 배를 타고 왔는데
물고기 문장과 붉은 기를 꽂고 주포천(主浦村)에 상륙했
더라
능현(綾峴)에서 붉은 바지를 벗어 산령(山靈)에게 제사지
낸 후
황혼에 혼례를 해서 욕망의 아들 열 명을 낳았으니
허황후(許皇后)라 불렀느니라

이로부터 김해 김씨와 김해 허씨가 한반도 남부에
하늘의 별처럼 바다의 모래알처럼 퍼졌으니
아들아
우리는 모두 불에서 와서 불로 돌아가느니라
땅속에서는 아직도 지상으로 보낼 불의 알이 자라고 있
느니라

   *삼규유사의 기록을 참조

138

나비침묵

밤이 나에게 눈을 빌려주었다
밤은 눈이었으므로
밤의 숲으로 난 길로 멧돼지들이 바람처럼 다니는 길을
밤의 몸으로 흐르는 핏줄기처럼 보았다
밤이 스며든 수리부엉이의 날개와 늑대들의 발톱이
엑스레이사진처럼 투명하게 보였다
밤이 나에게 붕새의 눈을 빌려주었다
내가 용의 비늘 같은 날개를 펴고 한 밤의 숲을 날아가자
숲에서 기는 모든 벌레와 짐승들의 영혼이 흔들렸다
그들에게는 순간이 백년이었으리라
그들의 배고픔과 짝짓기를 위한 미로들이 거울처럼 드러
나고
시간의 칼에 베어지는 운명을 공포가 읽어냈으므로
숲에서 기는 모든 벌레와 짐승들의 심장이 귀가 되었다
붕새의 눈앞에서 그들의 눈은 장님이었다
밤이 나에게 붕새의 날개를 빌려주었고
힘은 시간의 파도 위에서 사이렌의 노래처럼 영원을 유
혹했다
숲을 폐허로 만들 수 있는 권력이 나에게 있었고
밤은 벌레와 짐승들의 몸을 어둠으로 채워 박제하라고

속삭였다
　별들이 모두 괴물처럼 눈을 부릅뜬 그 날
　밤이 나에게 선물한 힘의 키스를 잊지 못하리라
　밤의 몸은 나를 사랑한 여신의 치마 아래처럼 캄캄했으
나
　내 영혼은 페니스처럼 발기해서
　붕새의 눈처럼 밝아졌으므로

　밤이 나에게 침묵의 소리를 듣게 했다
　그 소리들은 바위로 굳어 산 계곡에 있거나 별이 되어 날
아갔다
　그 소리들은 가문비나무숲이었으며 흐르는 강물이었다
　밤이 나에게 침묵의 소리를 들려주면서
　세상이 태초의 말씀으로부터 빅뱅처럼 깨어났음을 상기
시켰다
　소리로부터 나온 시간이 태양과 달을 움직였고
　구름 같은 힘이 어두운 하늘에 가득했으나
　빛의 사랑을 얻지 못한 힘들은 심해 바다에서 잠을 잤다
　밤이 내 귀를 길게 잡아당겨 침묵의 소리를 듣게 했다
　깊은 꿈에 갇힌 소리들은 오래된 사원의 기둥으로 서 있

거나
　봉인한 용의 몸 같은 산맥으로 누워있었다
　과거에 그들은 백성의 기도나 용암으로 살아있었다
　시간이 늙으면서 소리는 무덤 같은 휴식으로 돌아갔다
　시체로 누운 침묵을 파리가 날아와 구더기왕국을 만들었
고
　세균들이 번식하면서 썩는 냄새가 밤의 배꼽에서 진동했
다
　심원한 생각에 잠겨 밤과의 산책을 벌판으로 나갔는데
　침묵이 빛이 물든 소리로 깨어나는 새벽이 왔다
　귀 안으로 무지개처럼 살아난 하늘과 땅의 소리들이 흘
러들었고
　밀회가 끝난 여신처럼 밤은 지혜로운 미소를 짓고 물러
났다
　내 배고픈 정신이 비로소 깨달았다
　현실(現實)이란 고치를 뚫고 나온 커다란 나비침묵임을
　내 몸은 대낮에 핀 백일홍이었으나 곧 밤과 재회할 운명
임을

심해의 우주율을 자아내는 사유의 누에고치

변의수(시인)

기호의 음향이 지시하는 의미를 배제할 때, 시편의 시어들은 무한 공간에 흩어져 있을 뿐이다. 그 각각의 시어는 우주의 밤하늘에서 행성이나 혹성처럼 떨어져 외로운 파편처럼 빛을 낼 뿐이다. 허공의 무한 거리로 떨어져 있는 의미의 불빛들을 우리의 상상에서 꺼버릴 때, 그 별들은 무의미한 소음의 파편들로 부딪힐 뿐이다. 하지만 그러한 별들의 음향이 우리의 상상 속에서 멜로디와 화음을 이루고 시어와 시어들이 교향악을 이루는 것은, 시인이라는 창조자가 놀라운 직관으로 저마다의 다른 질량과 인력의 별들을 한 순간의 힘으로 붙잡아 두었기 때문이다. 우리의 상상력과 정보체의 우주선이 시인의 텍스트의 세계를 항행할 때 그 우주의 신비로움에 감탄하게 되는 것은 시인의 우주가 알 수 없는 힘으로 코스모스를 이루고 있기 때문이다.

그 음향이 지시하는 감미로움과 떨림은 아름다운 리듬으로 파동 짓고 있으며, 그 음향들이 상징하는 별들의 형상과 질량, 부피 등은 우리의 감각이 잠 깨어나도록 아름다운 빛을 내며 상상의 기하학을 생성하게 한다.

1-1. 재창조의 창조

현대 시·예술에 있어서 '의미'는 독자의 상징 생성의 방향과 개성에 따라 결정되고 형성된다. 의미에 관한 진술은 '자의적'일 뿐이다. 현대시학[1] 에서의 관심은 형식이 어떻게 의미를 지니게 되는가, 하는 것이다. 사후추론의 관점에서 텍스트를 접근함에 있어서 우리는, 시인이 텍스트를 어떻게 구성하는지, 텍스트 구조의 관점에서 기호의 구조가 어떻게 그런 다양한 의미들을 생성하는지, 그리고 관계자[2](독자, 비평가 등)는 또한 어떻게 다양한 의미들을 생성하게 되는지, 그 기호소[3] 구성의 내용과 그 기호소를 운

---

1) 미시적 관점의 시학을 이른다. 전통시학(고전시학)이 감성 중심의 환정적(喚情的)임해 비해 '思惟美' 까지 확장한 시론. 그 특징은, 기호학적 접근과 현대물리학의 세계관 등이 개입된다. 문맥에 따라 '현대 시론' 이라고도 한다
2) 논의자들은 '수용자' 라는 표현을 쓰고 있기도 하지만, 독자나 비평가 등 시·예술 작품을 대하는 이는 작가의 의미를 제한적으로 받아들이는 수동적 입장에 있지 않다. 그와 달리 나름의 관점에서 쾌감(미학적 의미)을 생성해낸다. '관계자' 가 작가의 작품에 자신이 생성해내는 쾌감 이상의 또 다른 의미가 있다고 생각하여 그것을 찾아내는 데 의미를 두는 것은 또 다른 문제이다. 독자나 비평가를 '접촉자' 라고 부를 수도 있지만, '관계자' 라는 표현이 더 나을 것 같다
3) 여기서는, 전체 텍스트를 구성하기 위한 단위 기호로서 낱말의 의미·음향 등이다

용하는 시인의 상징 형식을 감지하게 된다.

구조의 완결성이란, 의미의 통일적 조화에 의한 하나의 전일체로서의 생명이다. 물론 그 '생명' 의 내용은 관계자 각자의 것이다. 한편, 그 구조의 완결성은 독자나 비평가가 기호(텍스트)에 어떤 방식으로 접근하는, 사고의 구조와 내용의 문제이다. 텍스트는 단순히 '새' 와 '나무' 가 만나지만 관계자가 제3의 무엇을 개입시킴으로써 '새' 와 '나무' 는 온갖 다른 것이 된다. 그런데, 제3의 그 무엇이란 다름 아닌 우리들 각자의 기호 체계와 사유작용 즉, 상징의 기능이다. 우리는 저마다 나름의 상징작용으로 텍스트를 대하고, 경험한다. 우리는 단순한 수용자가 아니다.

하늘에는 빛과 소리가 가득합니다
시간은 얼음이 녹아내린 수면처럼 모든 정보를 흡수합니
다

— 「텔레파시」 부분

"하늘에는 빛과 소리" 그리고 "시간은 얼음이 녹아내린" 이라는 시문에서 우리는 우주와 존재의 비밀에 관한 상상을 이미 하기 시작한다. 그러한 까닭에 시편의 이하는 읽지 않아도 우리는 미학적 쾌감에 사로잡힌다. 이미 우리는 창조적 상상의 세계로 빠져들고 있는 것이 다. 위 두 줄의 시문을 통해 시인은 미지의 세계의 그 어떤 우주의 껍질 또는 피사체를 우리에게 전송해 보여준다. 빛과 소리가 가득한 그 하늘이 어떤 시공적 위상에 속한지를 시인은 위의 두 시행에서는 알리지 않지만, 그곳은 가장 빠른 매체인 빛과 가장 효과적 매체의 소리인 음향과 음파로 가득한 곳임을 예측케 하며 또한, 그러한 점들에서 '하늘'은 환정적 측면에서가 아닌, 시원이자 영원성으로서의 시공간임을 내비춘다. 다시 말해, 시원적 존재의 빛과 그 말씀인 소리는 영원을 의미하는 '시간'이라는 단순한 개념의 우주체로 환원되며, 시공의 형상과 속성의 파동으로 차 있는 세계는 얼음과 물의 관계처럼 액화적 요소의 정보들이 가역적으로 유기적 홀로그램화 또는 고형화 될 수 있다는 현대 과학의 견해들을 우선 떠올려볼 수가 있는 것이다. 그러니까, 위 두 시행은 종교성과 신화성을 현대의 물리이론, 천체론과 융합하여 상호 호환됨을 보여주고 있다고 생각할 수 있다. 그런데, 그 이하의 시문엔 다음과 같은 내용이 있다.

> 텔레파시 안테나가 모세의 뿔처럼 머리에서 돋는다면
> 당신은 세계의 하모니를 듣는 청중일까요
> 페르몬을 통해 몸이 거대한 단일정신으로 피어나는 개미
> 세계처럼
> (…중략…)
> 에덴으로부터 걸어온 진화의 나무는 수천 가지로 갈라져서
> 메두사의 뱀 머리칼처럼 목숨을 울부짖습니다
> (…중략…)
> 전주파수대역의 텔레파시는 아직 지상에 출현하지 않았고
> 하늘의 빛과 소리는 홀로 은하성단 저편까지 흘러갑니다
> ──「텔레파시」 부분

이는, 필자의 예측과 상상이 시인의 텍스트상의 상징계와 완연히 달리하는 것은 아님을 알 수 있다. 물론, 시인의 텍스트는 단순히 그런 형이상학계의 유기적 호환성 같은 것을 말하고자 함은 아니다. 텍스트를 이루게 하는 중심 컨셉트는, 우리 인간이 존재 우주의 의미 그 자체를 감지 못한 채 자의적 욕망의 바벨탑의 축조에 혈안이 되어 있음을 안타까워하는 내용임을 추측케 한다. 또한 그렇듯이, 필자의 앞에서와 같은 그러한 상상은 아주 개인적인 것임은 우리가 확인하고 있는 바와 같다. 그러나 시인은 오히려 그러한 개인의 자의적 상상의 가능성을 상정하였다고 볼 수 있다. 그것은 전통의 시문법 위에 현대의 강력한 의미론적 상징의 시문법을 겹친 김백겸 시인의 텍스트의 특징이다.

이와 같은 경우, 우리는 텍스트에서 그 내재적 의미의 확인에만 의미를 두지 않는다. 텍스트로부터 감동적 미학의 쾌감을 발견하고 작가의 것을 즐길 수도 있지만, 우리는 자신의 상징기제에 따라 작가의 텍스트를 통해 저마다 나름으로 세계의 비밀을 여행하는 상상의 창조 행위를 하게 된다. 그런 까닭에 현대의 시론에서 우리는, 의미는 발견이 아니라 발명이라고 말한다. 이것은 고전시학과 달리 현대의 텍스트가 우리에게 전해 주는, 작가중심의 시작법, 작가중심의 독해법, 작가중심의 텍스트론에 대한 전복적 메시지이다.

1-2. 기호 기능에 시가 있다, 시 속에 시가 있지 않다

외국어의 경우 그들 문자는 지표(index)라고도 할 수 없는, 단지 검은 잉크 자국의 흔적일 뿐이다. 만일 우리가 그 문장의 낱말 기호 하나하나의 사전적 의미를 알아낸다 해도 모국어의 문법으로 읽는다면 그 문장은 마치 어린 아이가 더듬거리듯 뱉어내는 언어의 조각물들에 불과할 것이다. 하지만, 한 걸음 나아가 그 외국어의 어문법을 안다면 그 문장은 아주 자연스런 의미 있는 표현으로 모양을 갖추고 있음을 알 게 될 것이다. 의미는, 문면에 써져 있는 것이 아니라 그 문자를 접하는 우리들이 지닌 어문체계의 적용에 의해 드러난다. 그러나 그 어문법을 적용시켰다고 하더라도 만약 그 문장이 일반적 기술문이 아니라 시문이라면 우리는 또 다른 어려움에 봉착한다.

바다는 이상한 생각을 하는 물고기를 부화시킨다
물고기들은 이름이 알려지지 않은 심해 숲에서 태어난다
—「빛 물고기」 부분

그런데 "바다는 이상한 생각을 하는 물고기를 부화시킨다" 이 문장은 참으로 이상하지 않은가. 뿐만 아니라 '물고기가… 숲에서 태어난다' 니? 만약 보고서가 이러한 문장으로 써져 있다면, 이것은 우리가 의미를 잘못 해독했거나 아니면, 그 문장은 우리가 알고 있는 모국어가 아닌 이상한 외계의 언어일지도 모른다고 생각할 일이다. 물고기가 생각을 한다는 건 언어도단이다. 그리고, 우리들 인간처럼 생각을 하는 정도를 넘어서, 그 물고기가 '이상한' 생각을 하고 있다니, 그것은 또 무슨 말인가? 그러한 물고기가 있다면 그것을 화자는 과연 어떻게 입증할 것인가? 그것이 일종의 보고서라면, 그런 보고를 받아야 하는 사람은 참으로 난감하기 이를 데 없을 것이다. 그러나, 우리가 다른 관점에서 즉, 보고서(報告書)가 아닌, '시문(詩文)'으로 대한다면 문제는 또 달라진다. 지시대상과 그 낱말이 정확히 일치해야 하는 보고서와는 달리 시문은 또 다른 차원의 문법이 있다. 그러나 그 문법 역시 시의 문면에는 표기되어 있지 않은 것이다.

시 문법은 상상의 정보체계로서, 우리의 인체에 내장되어 있다. 그러한 정보체계를 고려할 때 즉, '바다는 물고기를 부화시킨다' 고 하는 평범하기 그지없는 문장과는 달리 '이상한 생각을 하는 물고기' 라는 말도 되지 않는 표현을 부가하여 "바다는 이상한 생각을 하는 물고기를 부화시킨다"라는 건너뛸 수 없는 세계를 넘어 뛰어 '물고기=사람' 이라는 신화소적 비유를 자연스레 받아들이는, 시의 세계의 문법을 고려한다면, 우리는 그 문장이 우리의 상상의 정보체계[4]를 매우 자극적으로 활성화시키는 대단히 훌륭한 시문임을 알게 된다.

이제 그 두 시행을 음미해본다면, 그 물고기에 우리는 어떻게 다가갈 것인가? 단순한 판타지의 차원에서, 진귀한 신

---

4) 상상의 정보체계란 곧 상징기능을 말한다. 상징기능의 '상징' 은 다름 아닌 사유이다. 그 사유 즉, 상징은 기호로 표상되는데, 지시내용에 따라서 기호의 유형을 다음과 같이 나눌 수 있다. 여기서는 미시적 관점에서 기호를 상징이라는 말로 대신 사용해도 무방하다. 왜냐하면, 사유작용으로서의 상징은 기호에 투사되며, 투사된 상징은 기호기능과 구조에 의해 기호 자체가 세미오시스의 상징작용을 촉발

화나 전설 속의 동물로 생각해서 상상을 전개하여 즐길 수도 있을 것이다. 아니면 시인 자신의 내면세계를 조종하는 근원적 무의식에 의한 영적 목소리 같은 것인지도 모른다. 또 아니면, 시인 외부의 세계에서 영감을 전해 받은 그 어떤 경험을 신화화 하여 적어놓은 것인지도 모르겠다. 혹은, 황폐화된 인간의 문명계를 정화시켜 낼 영적 에너지로서의 유영체를 상정할 수도 있을 것이다. 그러나 아무튼 그것은 개인 저마다의 직·간접의 경험적 정보체계가 자연스레 그 문면 위의 기표에 작용하여 그 문자들을 살아 있는 물고기로 퍼득거려 숨쉬게 할 것인데… 그것은 저마다의 정보체계에 의해 달라질 것이며 그때마다 그 문장은 또 다른 생물체로 되살아나고 모습을 바꾸어 읽는 이들을 흥미롭게 할 것이다.

그런데, 이제 그와 같이 우리의 정보체계를 시의 문면에 적용함에 있어서는 그 어떤 합의된 세계의, 기호학적, 언어학적 규범체계가 마련되어 있지 않다. 그것은 저마다의 생

시키기 때문이다. 이것은 또한 본질적으로 상징과 기호 역시 하나(존재)에서 비롯한 것이기 때문이다. 그러나 거시적으로는 상징과 기호는 구분된다

1. 표상 기호 : 의식상의 단순한 표상
2. 기호 : 표상기호를 물리적 기호로 재 표상한 기호
   가. 제1차 기호 : 자의적 연결의 단순한 대리(자연 언어, 수학·과학의 언어 등)
   나. 제2차 기호 : 직관적 성격의 유비·추론적 지시(시·예술·종교 등). 시·예술에서는 해석 기호와 함께 주요한 관심의 대상이며, 우리는 제2차 기호 중에서도 비유법의 상징을 '∞상징' 으로 표기한다
   다. 해석 기호 : 꿈, 자연현상 등과 같이 의도적으로 그 내용을 알고자 하지 않으면 단순히 '표상 기호' 로만 여겨지나 의미를 알고자 그 해석을 시도하면 '기호' 로 살아나는 것
   라. 죽은 기호 : 수사학의 죽은 은유, 단순히, 발화행위물로서의 언어

명 정보의 체계에 의해 적용되어질 것으로 그곳에서부터
는 저마다의 창조적 세계가 펼쳐진다. 그곳에서는 필경 시
인의 의미의 과녁을 벗어나게 될 것인데, 그러나 그렇다고
하여서 작가가 시를 오독했다거나 의도를 외면하였다고
탓하지는 아니할 것이다. 사실은 시인은 상상의 연못을 제
공하였을 뿐이고, 독자는 그 연못에서 나름의 미학을 펼쳐
유영을 즐기면 되는 일이다.

    길을 잃은 벌이여

    (…중략…)

    유리창 밖 백일홍 꽃밭이 도원경처럼 펼쳐졌는데

    (…중략…)

    시간이 유리창이라는 깨달음이 오지 않느냐

    유리창에는 집으로 가는 숲길과 하늘이 비쳐있다

    숲길은 정화가 보선(寶船)단을 이끌고 아라비아로 가는
길처럼 멀다

    (…중략…)

    필사적인 날개소리가 침묵으로 만든 배 한 척을 진수시
켰으나

    너는 배가 뒤집힌 선장처럼 하늘을 향해 발버둥친다

    유리창이 시간이라는 깨달음이 오지 않느냐

    유리창 밖에는 보선(寶船)단 같은 구름이 푸른 하늘에 가
득하다

    침묵 밖에는 벌집궁전에 사는 여왕벌의 눈이 태양처럼
빛난다

벌/인간, 시간/유리창—풍경, 죽은 벌/배가 뒤집힌 선장,
보선달 같은 구름… 벌집궁전… 그 관계적 기표들이 이룬
텍스트의 구체적 의미의 내용을 우리 상상의 상징계는 창
조적으로 채워 넣는다. 시인은 존재계의 비밀을 기호로 전
한다. 우리는 그 텍스트의 '파워스위치' (「컴퓨터」)를 켠
다. 그리고 '전생의 전생이 기록' 된 '허공' 의 '거대한 하
드디스크' 를 가동하여 창조계의 신비를 생성하게 된다. 물
론, 그 창조의 유형과 내용은 우리의 영혼의 하드디스크와
프로그램에 따라 달라짐은 물론이다. 김백겸 시인의 텍스
트는 우리를 그와 같은 빛과 사유의 숲으로 안내한다.

1-3. 텍스트 ; 호문쿨루스

표현미학이 사유와 직관적 통찰을 유도해내고 이끌어 나
가는 경우가 있다. 이런 경우 우리는 텍스트의 바다와 산해
경을 끝없이 여행하고 판타지를 경험하게 된다. 시인이 옮
겨놓은 바윗돌 하나하나마다 우리는 기이한 풍경과 삶을
엿보게 된다. 이때 우리는 사유의 몰아경에 빠진다. 텍스트
에서 시의 마법적 상징[5]의 힘이 뻗어 나오기 때문이다. 여

---

5) 상징은 '사유' 곧 '비의식' 인데, '각주3' 에서도 밝혔듯이 단순한 '표상' 작용에
　서 심층 상징 작용까지의 스펙트럼을 가진다. 주술이나 '시적 상징' 들을 나는 '∞
　상징' 으로 기표하기도 하는데, 본문의 '상징' 은 이 경우이다

기서 철학은 시인들에게 귀를 기울인다. 시·예술이 철학을 앞질러 영감을 불러일으키는 순간이다. 시 텍스트의 언어들이 저마다 일정한 양태를 벗어나 자유로운 움직임으로 햇살을 비춰내 보여주기 때문이다. 이것은 언어 원소들의 물리적, 화학적 성분과 함량을 직관으로 측정하고 감지하여 세미오시스의 작용을 황금률로 기호화해냄으로써 가능하다. 이때 언어의 물질들은 영혼을 부여받게 된다. 이것은 헤파이스토스와 같은 대장장이(silversmith)들이 할 수 있는 일이다.

> 천의 영혼을 품은 당신과 술래잡기를 한다
>
> (…중략…)
>
> 천의 가면을 쓴 당신과 연극무대에 오른다
>
> (…중략…)
>
> 천의 이름을 가진 당신과 사랑놀이를 한다
>
> ―「가면 놀이」 부분

그의 '빛 물고기'의 지느러미는 심해의 진경을 찾아 어디론가 뚜렷한 목적지를 향하고는 있으나 사실은 그곳은 그만의 영적인 신비경으로 누구도 그들 물고기들의 내면 깊은 혈관에 새겨진 근원적 비의식의 지도는 완전히 펼쳐볼 수 없다. 우리들 생명이 하나의 완전한 비밀경이듯 시인은 자신의 영적인 비밀경을 생명의 발원지 그것으로 삼아 물살을 가르고 나아가기 때문이다. 사실 현대의 우리는 누구도 완전한 하나의 비의의 객관적 실체를 찾아낼 수 없다.

그것은 저마다의 혈관 속에 내재된 하나의 완전한 자족적 개체로서 작용한다. 우리를 포함한 모두는 그 어떤 관계나 언어 · 기호의 일정한 형식으로 한정 지워지지 않는다. 저마다의 생명들은 스스로가 독립적이며, 그들의 관계 세계는 시인이 보여주는 '빛 물고기'의 움직임처럼 자유로운 세계이다.

　세계는 본질적으로 그 어떤 하나의 형식으로 정형화 되거나 모형 지워지지 않는다. 우리는 이러한 사실을 현대의 물리학자들이나 시인들의 텍스트의 제작 방향을 통해 엿볼 수 있다. 예전엔 이러한 양상을 '해체'나 '탈구조' 등의 용어로 얘기하였지만, 사실은 본질의 이면엔 이러한 "빛 물고기"와 같은 비춰낼 수 없는 세계의 본질이 심해의 숲 속에서 헤아릴 수 없는 우주계의 물결로 일렁이고 있다. 우리는 그러한 진경의 비의를 알 수 없는 이름의 물고기를 통해 엿볼 수 있다는 사실 하나만으로도 그 우주계의 무한성을 감지할 수 있다. 우리는 상징의 지도가 지금까지는 경험하지 못한 차원의 세계를 따라 펼쳐지고 있음을 느낄 뿐이다. 그리고, 우리가 시인이 기록한 지도의 의미로움을 감지하기만 한다면 우리는 시인의 텍스트가 안내하는 신세계에서 누구를 만나고 어떻게 시간을 가질지는 전적으로 우리 의사의 자유에 맡겨져 있다.

　　정원의 입구가 드러났다
　　입구 안에는 황금사과가 새벽의 어둠 속에서 빛났다
　　곧 사라질 신비를 향해 심장이 두근거렸고

발걸음을 멈춘 내 자아를
늙은 역사가 호기심으로 쳐다보았다
늙은 역사가 내 뒤를 따르면 비밀은 새 이름을 지울 것이
분명했다
(…중략…)

그 정원의 입구가 내 앞에 순간적으로 드러났다
나는 그 앞을 그냥 지나쳤다
황금사과에의 유혹이 여신을 향한 욕망처럼 갈증을 불러
일으켰다
입구는 안개처럼 왔다가 안개처럼 스러지는 새 이름이었
는데
늙은 역사가 담배를 피우며 죽음의 냄새를 풍겼으므로
나는 눈을 내리 깔은 채 정원의 입구를 지나쳤다

그 정원의 아름다움
비늘구름이 노을을 받아 거대한 붕새의 날개로 불타오르
는 변신이나
들판의 잡초였던 풀이 구절초의 꽃을 피워 올리는 둔갑
의 순간에서
잠깐 동안 모습을 드러내었던 비밀정원을 놓쳐버렸다
지식과 경험의 울타리에서 문지기로 사는 늙은 역사의
간섭 때문에
내 심장이 황금사과처럼 빛이 나는 피안을 질투한
죽음의 훼방 때문에

— 「비밀정원」 부분

"정원의 입구가 드러났다/입구 안에는 황금사과가 새벽의 어둠 속에서 빛났다" 그 짧은 두 행만으로 우리는 주저없이 상상의 물결에 우리의 '지느러미'를 내맡겨 비밀의 정원에 도달한다. 우리와 세계는 서로의 영적인 눈과 손길로 만나고 대화한다. 우리는 눈에 보이고 만져지는 것에 의해서 존재하는 것이 아니다. 마음의 눈, 상징과 상상의 빛은 시간을 벗어나는 다리와도 같다. 실제 오늘날 물리학자들은 시간을 가로지르는 지름길이 있다고 생각한다. 우리가 상상의 세계의 다리를 건넜다면 이제 시인의 언어는 햇빛 아래 반짝이는 표지판에 불과하다. 시인의 사물과 시인의 신세계는 온전히 우리의 것이 된다. 우리는 "곧 사라질 신비"에 "심장이 두근거리지만" 우리가 기대하고 소망하는 '신비'의 대상 '황금사과'는 어느 왕족의 몰락을 밝혀줄 고대의 비문일 수도, 영원한 신비를 내장할 시인의 기록물일지도 모른다. 혹은 발간되지 않은 채 비밀스레 적혀 있던 뉴톤의 연금술서일 수도 있고, 우리가 꿈속에서 보고 잊어버린 시문일 수도 있다. 시인의 '황금사과'는 우리가 찾아 헤맨 저마다의 간절한 바람의 내용에 따라 달라진다. 시인을 뒤따르는 '죽음의 훼방'과 '늙은 역사' 또한 우리에게는 김백겸 시인의 개인적 삶에 관한 상징의 지표로서, 우리가 상상의 다리를 건너는 상징물로서의 의미작용을 행한다.

　아기는 죽음의 일등항해사

종이나비 검은 눈 속에서 죽음의 세계를 본다
요람에 누운 아기를 들여다보는 죽음의 기쁨을 본다
어둠의 자궁을 두려워하는 어른이 되어 뼈와 살을 내려
놓고
저 세상으로 가는 비행접시인 무덤에 탑승하는 날
길을 잃지 않도록 죽음이 아기를 위해 커튼을 걷는다
나비인 영혼이 죽음이 사는 바다아래 숲을 기억하도록
한다
아기는 죽음의 일등항해사이지만
몸이 엔진을 멈추면 내부배관이 썩으며 이상한 빛을 낸
다
갈매기와 독수리와 세균들만이 보는 빛을
바닷가 검은 자갈들은 쥐 떼로 변신해서 숨이 나간 몸을
깨문다
몸 안의 기운들은 연기처럼 흘러나가 시간으로 들어간다
검은 달이 바다아래 숲에 뜬다
(…중략…)

─「나비 길」 부분

시인의 텍스트는 우리를 심해의 사유 세계로 유영하게
한다. 우리는 시인의 텍스트를 통해 우리의 심원의 세계를
찾아나가고 새로운 상징의 세계를 생성한다. 우리는 시인
의 텍스트를 통해 내면의 새로운 세계를 찾아나가는 데 열
중함으로써 그만 시인의 존재를 잊어버리기도 한다. 하지
만, 시인은 사실은 자신의 텍스트를 통해서, 새로운 세계를

여행하는 우리들의 상징의 세계를 움직이고 있는 것이다. 시인은 자신의 사유로서의 상징을 기호체의 텍스트에 투사한다. 하지만, 그것이 관계자를 움직이는 요인은 아니다. 중요한 것은 텍스트 그것이 스스로 살아 움직이도록 시인이 구성을 하였다는 사실이다. 그것이 텍스트의 자동성이다. 아무튼 시인은 텍스트라는 신비의 현상계에 앞서 텍스트를 살아 움직이게 함으로써 또한 우리의 영혼을 새로운 세계로 헤엄쳐 나가게 한다. 지금 우리는 김백겸 시인의 텍스트를 이러한 관점에서 주목하고 있다.

2－1. 의미론적 사유미의 리듬

시인은 기표로서의 음향과 기의 기능의 결합으로 사물의 일면을 논증한다. 그러나 그것은 소위 말하는 노래이다. 노래의 본질은 즐거움이며 미(美)이다. 노래의 가사를 쓰는 일이 어려운 건 그것이다. 즐겁기 위해 시 기호는 아름다워야 하는 것이고, 그 아름다움은 음향과 시 기호 기능의 완전한 결합으로 이루어진다. 완전한 구조물의 미학은 소리와 빛에 의한 물리적 질감과 양감으로 형성된다. 그것은 우리가 감각으로 오해된 유클리드적 모형의 판에 익숙해 있기 때문이다. 회화나 음악 예술 역시 추상에서 구상을 희구하는 것은 그러한 까닭에서이다. 기호로서의 시・예술은 파동적 추상의 사유와 구상적 감각의 상보성적 결합으로 존재할 수 있다. 추상적 사유와 구상적 감각의 결합 즉, 기표와 기호 기능의 융합적 세미오시스에 있다는 말이다.

오늘날 현대의 시인의 특장은 여백 기호의 구성력 달리 말해 내재적 리듬의 조성 능력에 있다. 그것은 다름 아닌 고전이론에서 애기되어지던 내재율이다. 어떤 경우이든 수월한 텍스트는 직관 즉 상징작용을 감관적 표상으로 기호화 하되, 황금률의 미학을 견지한다. 하지만 현대의 텍스트에 있어서 황금률은 의미론적 내재율을 지향한다. 그런데, 내재율의 리듬 미학 가운데서도 가장 늦게까지 이해되고 있지 않은 것이 '사유미(思惟美)' 이다. 사유 즉 직관은 의식에서 기호로 표상되어야 그 인식이 선명하며, 특정한 방향으로 코드화 해나갈 수 있다. 미술이 추상에서 구상을 지향하는 것과 현대의 자의적 상징의 시 미학이 종국적으로 감각적 표상에 의하는 것은 모두 그러한 이유에서이다. 그런데, 사유미를 생성하는 현대의 자의적 텍스트의 '여백 기호' 그 '상징의 표상' 또한 종국적으로는 '리듬' 으로 환원되며. 리듬은 또한 감관적 표상 다시 말해, 공간적이고 기하학적 인식의 표상으로 형성한다.

말 한 마리가 내게 선물로 주어졌지

말을 타고 바벨탑처럼 높은 언어의 천산산맥으로부터

벌판으로 내려 가야했네

백척간두를 피해서가는 곡예사처럼 등에 땀을 흘렸네

천산산맥은 가시덤불로 우거져 있고

천산산맥은 모서리가 날카로운 바위함정으로 굳어있기

도 하고

천산산맥은 길이 끊어진 협곡을 보여 주었네

번개가 쳐서 언어들이 사원의 폐허처럼 무너져 내리기
전에

숲과 강이 펼쳐진 대평원으로 내려와야 했네

고비마다 매복한 언어는 마왕과 요괴였네

언어의 사원에는 왕국과 미인과 부귀가 있었고

언어의 사원에는 지식과 명예와 신분이 있었네

언어를 내 우상으로 받아들이라고 뱃심이 유혹 했네

언어가 상형문자로 구부러지더니 신탁을 토했네

언어가 날카로워져서 내 머리에 칼금을 그으려 했네

마왕과 요괴의 망치에 늘어나고 구부러지는 쇠 그물처럼

언어의 새장 안에 내 영혼을 가두려 했네

물러가라 언어들아

광야의 예수처럼 나는 소리쳤지

유니콘처럼 몸이 빛나는 말 한 마리가 내 심장이었으므
로

언어가 펼친 기문둔갑을 황금말발굽으로 깨뜨려버리는

뿔이 난 말 한 마리가 내 미래였으므로

—「천산산맥」 전문

우리가 말한 사유미 즉, 의미의 기하학적 표상이란, 궁극
적으로 '의미확장적 상징' (∞상징)[6]의 표상을 말한다. '모
양' 으로서 '의미' 를 드러내는 ∞상징은 그 통일적 의미를
이루어내는 과정에서 의미들의 형상과 그 형상들의 모양
과 크기, 위치 등 공간감이 질서 있게 조화와 균형을 이룸

으로써 접근이 가능하다. 〈말—바벨탑—언어—천산산
맥—마왕—요괴—사원—날카로움—망치—쇠그물—새
장—유니콘—심장—황금말발굽—뿔—미래〉로 이어지는
형상의 의미체는 ‘천산산맥’의 ‘말’이 늙은 ‘사원’과 ‘요
괴’의 ‘언어’들을 ‘황금말발굽으로 깨뜨려 버리는’ 시인
의 ‘심장’이자 ‘미래’이다. 유니콘의 뿔로 상징되는 시인
의 관념은 우리가 추출할 수 있었듯, 그 언어의 외재적 형
상들과 내재적 의미 관계의 거리들이 적절한 대비와 비율
로서 질서를 이루며 유니콘의 심장으로 향하고 있음을 알
수 있다. 우리는 김백겸 시인의 텍스트에서 그러한 감관적
표상의 리듬으로 기호화되는 기호 구성력 즉, 그 여백의 기
호 구성력을 음미하게 된다. 물론, 그 기호들의 리듬이 감
싸고 있는 유니콘의 심장의 실체는 우리들 각자의 ‘언어’
의 이념이다. 김백겸 시인의 텍스트는 우리 앞에 그 기호
세계의 문을 열어두고 있다. 그것이 현대의 의미론적 내재
율의 기호 유희의 표상이다. 언급이 있었지만 김백겸 시인
의 텍스트는 유니콘의 심장으로 대표되는 자신의 언어를
제시하기 보다는 기호들을 유기적으로 살아 움직이게 하

---

6) ‘의미확장적 상징’이란 오늘날 수사학의 상징 그것인데 이미 칸트와 괴테가 그
   본질을 정의한 바 있다. 나는 “∞상징”으로 표현한다. cf. 칸트는 감성적 이념은
   “상상력의 표상을 의미하는 것으로, 이 표상은 많은 사유를 유발하지만 그러나 어
   떠한 특정한 사상, 즉 개념도 이 표상을 온전히 담을 수 없으며, 따라서 어떠한 언
   어도 이 표상을 다 설명할 수 없다”(『판단력 비판』§49)고 하였다
   괴테 역시 1824년의 『금언과 성찰』에서 “상징은, 현상을 관념으로 변형시키고 그
   관념을 이미지로 변형시킨다. 그러나 그 관념이 항시 무한히 능동적인 상태를 유
   지하고 이미지를 통해서는 접근이 불가하며, 어떤 언어들을 다 사용하더라도 의
   미가 남게 한다”고 하였다

여 관계자들로 하여금 사유하게 하는 기관이 된다. 그러한
텍스트는 우리로 하여금 의미를 발견하게 하기보단 의미
를 창조하게 한다. 그것이 '여백 기호'의 의미론적 내재율
이 제시하는 사유미로서의 "비밀 정원"이다.

2-2. 시인의 우주율 : 동조성의 리듬

　　정보(information)의 연결물인 우리의 생명이 다하면 그 정
보들은 인지할 수 없는 세계로 흘러간다. 그것을 복사해서
남기는 것이 또한 기호작용의 기능이다. 건축공은 벽돌이
라는 기호로써 그들의 삶의 족적을 남기지만 시인은 문자
로써 자신의 정보를 기록한다. 기록과 흔적들의 전달 형식
과 목적은 다르나 집이든 문자이든 기호작용은 모두 타인
에 대한 고려 그것이다. 나는 가끔 시인들을 본다. 그들의
모습은 나를 그들의 세계로 끌어들인다. 나는 그들의 세계
가 인간과 자연의 본질적 마당임을 알고 있다. 그들은 자신
들의 정보 수신기인 자신들을 통해 정보를 수렴하고 나는
다시 그들의 정보체를 수신한다.
　　고립된 기호의 세계는 '무'이다. 세계는 분절되지 않은
하나로서 존재한다. 우리의 신체기관으로서의 상징기관은
쉼 없이 세계를 역동체로 인식한다. 시인은 상징기관으로
써 세계와 사물을 기표로 추상화 시키며 아울러 기표와 기
표 간의 기능을 고려한다. 시인은 그러한 딱딱한 감각의 도
형체 이면에서 그 세계의 이음매를 조정한다. 몇 줄 되지

않는 짧은 시문일지라도 그것이 나름의 유기적 연결을 이
룰 때 하나의 생명이 된다. 그때 그것은 피조물이 아닌 살
아 있는 자동사로서의 구조가 되어 우리에게 메시지를 보
내온다. 그리고 우리의 인체는 저마다의 정보체계를 가동
하여 텍스트와 함께 새로운 창조계를 열어나간다. 시인의
리듬은 곧, 기호 생성과 그 연결의 직관 능력이다. 그러한
시인의 숨결은 우리의 호흡을 조율하여 우주율에 동조하
게 한다.

하나의 정보는 그것이 어떤 종류의 정보체이든 동일한
하나의 정보체와 만나 더욱 큰 상보적 에너지체를 이룬다.
그러한 정보체를 발견할 때 우리는 전율한다. 고독한 자신
만의 세계에서 결코 자신이 암흑의 한 장소에서 단절된 존
재가 아님을 인지하기 때문이다. 우리가 시인의 텍스트를
접하고 감동하고 기뻐하는 것은 자신과 하나의 정보체로
서의 동조성을 인지하기 때문이다. 동조성의 리듬은 우주
를 하나의 코스모스로 운행케 한다. 우리는 시인의 텍스트
에서 그 별들의 각양의 위치와 모습, 형상들이 하나의 동일
계를 이루며 위치한 질서를, 별빛들이 부딪혀 울려내는 음
향과 멜로디를 크고 작은 파동으로 감지하여 수신한다. 그
파동들은 우리의 정보 구성체인 상상력의 기관과 악기들
에 의해 다시 새로운 우주들을 생성해내며 텍스트와 앙상
블을 이룬다.

우리는 시인의 의미체를 수신하지 않는다. 오늘날의 우
리는 시인의 그러한 화음구성과 멜로디를 이루는 리듬의
유형을 감지하여 그 리듬을 활로 삼아 우리의 정보체를 연

주하여 새로이 상징을 창조한다. 시인의 텍스트에 그러한 우주율의 리듬이 없다면 그 시어의 행성계는 밤하늘의 황폐한 우주 미아나 유령의 우주 정거장이나 다름없다. 하나하나의 시어들 그 행성들이 황금률의 인력을 유지하지 못하다면 시어는 죽은 우주의 소립자들일 뿐이다. 우리는 왜 시인의 우주를 유영하는가? 그것은 시인의 우주가 우리를 끌어들이기 때문이다. 시인의 텍스트, 즉 그의 리듬은 우리의 정보 생체의 리듬과 동조성을 요구하며 하나의 우주음을 이루고자 신호를 보내온다. 훌륭한 리듬은 매우 강한 동조성의 힘을 품고 있다. 그것이 감성의 자장이든, 사유미학의 자장이든.

비밀정원·가면 놀이·미루나무 꿈속으로·도지사관사·요나처럼·천산산맥·침상·나비 길·컴퓨터·텔레파시·보선(寶船)·오븐이야기·디지털 카메라·혈연·빛물고기… 황금도시·죽지 않는 아이·세 번째 눈·총살형·괴물들·아라비안 나이트·점단(占斷)·귀신과의 연애… 하늘고래·콜럼버스의 항로·공중마차·열정의 진화·신들의 프로젝트·추억의 명화·윤회·꿈 마당극·축제·천라지망·벌레 환상·키스마크·충전기·아이스크림·마야·가야신화·나비침묵 (『비밀정원』의 표제들)

둘이 아닌 하나의 점, 삶과 죽음, 초월과 현상의 뒤바뀜. 이러한 것들에 관하여 집요하게 탐색하고 한탄하며 현란한 유리구슬로 유희를 펼쳐놓은 시편들은 말 그대로 '비밀의 정원'이다. 김백겸 시인은 자신을 정제하고 정련하여 진경의 사리를 이루어 기호의 사원에 비밀의 정원을 새겨 놓았다. 일찍이 이러한 놀이를 구경한 적은 드물다. 간혹, 마법의 어휘를 거느리고 구름을 가른 빛처럼 언뜻언뜻 얼굴을 드러내는 유희자들이 있었다. 그러나 그런 시인들은 매우 드문 예에 속한다.

그의 "비밀 정원"의 동조성은 우리 각자의 '비밀의 정원'을 비춘다. 우리는 시인의 "비밀 정원"을 상징과 기호 작용을 통해서 들여다 볼 수 있을 것이다. 그러나 그러한 순간 "비밀 정원"은 우리의 것이 된다. 하지만 그것은 시인을 외롭게 하는 일이 아니다, 시인은 자신의 텍스트의 소유권을 포기함으로써 우리가 새로운 세계를 찾아 나서게 한다. 그러한 시인을 우리는 창조계를 움직이는 창조자라 부른다.

그러나 한 가지 분명한 건 시인과 우리 그리고 텍스트는 모두가 하나의 독립된 우주라는 사실이다. 하지만 서로는 또한 하나로 연결되어 있는 하나의 우주이다. 일찍이 라이프니츠는 이것을 "예정조화"로서 이해했다. 사실은 "예정조화"의 표상은 오늘날 우리가 말하는 우주율의 '리듬' 그것이다. 그것은 우주의 숨결이다. 시인의 텍스트와 우리가 생성한 텍스트는 하나의 '리듬'을 이루어 앙상블을 이룬다. 그렇게 김백겸 시인의 텍스트는 우리에게 강한 우주율의 리듬을 발신한다. 이것이야말로 시인 김백겸이 『비밀정원』에서 이룬 진정한 시적 성취의 결과이다.